古典詩歌研究彙刊

第十六輯

龔鵬程 主編

第 11 冊

楊萬里七絕研究

張 健 著

國家圖書館出版品預行編目資料

楊萬里七絕研究／張健 著 -- 初版 -- 新北市：花木蘭文化出版
社，2014〔民 103〕
目 16+186 面；17×24 公分
（古典詩歌研究彙刊 第十六輯；第 11 冊）
ISBN 978-986-322-829-5（精裝）
1.（宋）楊萬里 2.宋詩 3.絕句 4.詩評
820.91   103013520

ISBN-978-986-322-829-5

9 789863 228295

古典詩歌研究彙刊
第十六輯　第十一冊   ISBN：978-986-322-829-5

楊萬里七絕研究

作　　者　張　健
主　　編　龔鵬程
總 編 輯　杜潔祥
副總編輯　楊嘉樂
編　　輯　許郁翎
出　　版　花木蘭文化出版社
社　　長　高小娟
聯絡地址　235 新北市中和區中安街七二號十三樓
　　　　　電話：02-2923-1455／傳眞：02-2923-1452
網　　址　http://www.huamulan.tw 信箱 hml 810518@gmail.com
印　　刷　普羅文化出版廣告事業
初　　版　2014 年 9 月
定　　價　第十六輯 21 冊（精裝）新台幣 32,000 元

楊萬里七絕研究

張　健　著

作者簡介

　　張健，著名詩人、散文家、評論家。

　　曾任台大中文系專任教授、外文研究所博士班教授、文化大學中文系專任教授、香港新亞研究所客座教授、馬來西亞新紀元學院中文系客座教授、武漢中南財經大學教授、中山大學、彰化師大、臺北藝術大學教授、藍星詩社主編、《現代文學》編輯委員、世界華文詩人協會創會理事、中國時報專欄作家、中央研究院中國文哲所訪問學人、文建會文藝創作班詩班主任、國家文藝獎、金鼎獎、金鐘獎、教育部文藝獎、中國時報文學獎等評審委員。現為台大中文系兼任教授。著有詩集、散文、小說、學術著作、傳記、影評等一百二十餘種。

提　　要

楊萬里為南宋四大詩人之一。

楊萬里詩現存四千首，七絕居四分之一左右，本書賞析、研究其中四百餘首。

內容分十部分：

　一、詠物詩，

　二、旅遊詩，

　三、寫景詩，

　四、節令詩，

　五、民生詩，

　六、人物與友誼詩，

　七、生活與抒情詩，

　八、詩人與詩篇，

　九、詠史詩，

　十、詠畫詩。

讀者可細品之。

目

次

前　言

　　楊萬里（1127～1206），字廷秀，（江西）吉州吉水人。紹興二十四年進士，歷官江東轉運副使。

　　他是宋代十大詩人之一，也是南宋四大家之一。他的詩甚受近人重視。山水風月、花草樹木、春色秋光、雨雪雷電、鳥獸蟲魚等，都是他吟詠的對象，所謂「萬象畢來，獻予詩材。」也有許多特殊的思維、豐沛的情感，每以散文句法入詩，活潑自得，不拘常律。

　　楊萬里一生寫詩二萬多首，與周必大並稱兩宋之冠。

　　他的詩在吳之振等所編的《宋詩鈔》中名列第一，計一三四七首，比二名陸游的九六一首，多了三百多首。在方回《瀛奎律髓》中名列宋人第十，張雲間《宋詩鈔》中名列第六，陳衍《宋詩精華錄》中名列第二，僅次於蘇軾。胡適《詩選》中名列第一，選了十三首。戴君仁《宋詩選》中名列第三，錢鍾書《宋詩選注》中名列第四。金性堯《宋詩三百首》中列為第六，傅璇琮《宋人絕句選》名列第一，張景星《宋詩別裁》名列第五。笑渠冷鵬《宋元明詩三百首》名列第四。繆鉞等的《宋詩鑑賞辭典》亦名列第四。足見他之受人器重！

　　本書專論他的七絕，量豐質美。

　　茲按內容分為詠物、旅遊第十類，分別賞析、詮解、評論之。

壹、詠物

一、木樨二絕句之一

只道秋花豔未強，此花儘更有商量。

東風染得千紅紫，曾有西風半點香？

（辛更儒：《楊萬里集箋校》，北京中華書局，2012 年 9 月，卷一頁 4）

卷一之詩，起紹興 32 年（1162）秋，迄隆興元年（1163）夏，萬里正任零陵縣丞及歸吉水。

按木樨即桂花，爲其別名之一。

首句謂一般人認爲秋花不如春花豔麗。

次句似承實轉。謂桂花可作秋花之代表，其身價值得吾人商榷。「儘」字有力。

三句實承首二句，表面上讚譽春花。

四句一大轉，遠承二句，以「香」爲核心，譽桂花實譽所有的秋花。

此詩結構爲：起、承轉、承、轉合。

二、木樨二絕句之二

輕薄西風未辦霜，夜揉黃雪作秋光。

吹殘六出猶餘四，匹似天花更著香？（同上）

首句俏皮，謂西風吹起，卻無霜，爲桂花之出場鋪排背景。

次句之「黃雪」喻桂，而許之爲「秋光」，「光」與「雪」前後呼應。

三句無中呈有，桂花多四出或五出，六瓣或爲蘭、水仙，此處以「吹殘」打頭，反增添桂之風姿。

四句乃正面讚桂，譽爲「天花」，比「秋光」更進一層矣。

二詩皆以「香」立言。

三、和仲良催看黃才叔秀才南園牡丹

愁雨留花花已闌，作晴猶喜兩朝寒。

山城春事無多子，可緩黃園探牡丹。（同上卷一，頁 41）

首二句謂春雨春寒春晴，天欲留百花而不果。

零陵山城，不免寂寥，故三句曰「春事無多子」。

三句之轉，乃烘襯四句：「緩」探之「緩」，悠然自在，使牡丹不加渲染而自有王者之姿。

四、和仲良分送柚花沉香之一

薰然眞臘水沉片，蒸以洞庭春雪花。

只得掾曹作南董，國香未向俗人誇。（卷一，頁 48）

按柚花即泡花，春末開，蕊圓白如大珠。既拆，則似茶花。氣極清芳，與茉莉、素馨相近。番禺人采以蒸香，其法以佳沉香薄片劈，著淨器中，鋪半開花，與香層層相間，密封之。明日復易。花期過，香亦成。

此花出天竺單于二國，此首句謂眞臘，則今柬埔寨也，或亦產此。

首二句寫柚花沉香之作法。

三、四句將南史氏、董狐爲喻，以襯托此花之珍貴高華。

五、同題之二

鋸沉百疊糝瓊英，一日三薰更九蒸。

卻悔香成太清絕，龍涎生妒木犀憎。（同上）

前二句從另一角度描寫柚花沉香，次句運用三個數字頗爽人耳目。

三句轉，以「清絕」譽其芳香。

四句以二香妒之，烘托柚花之清絕人間。

「其三」義亦近此首。

六、白含笑

薰風曉破碧蓮含，花意猶低白玉顏。

一粲不曾容易發，清香何自遍人間？（卷一，頁55）

按含笑花，其色微紫，香亦旖旎，廣東蒲澗山多有之。蘇軾詩：「如今獨有花含笑，笑道秦皇欲學仙。」

首二句細寫含笑花風姿。以「薰風」相襯，而以「碧蓮」喻之：綠色與淺紫，乍看亦不易分辨也。

一碧（紫）一白，一蓮一玉，足以盡其姿色矣。

三句似謂此花稀珍，故曰「不曾容易發」。

四句說它「清香」「遍人間」，而以反問句緩其勢，增其韻。

起承轉合，句句合轍。

七、謝趙茂甫惠浙曹中筆蜀越薄箋二首之一

公子平生無長物，幾研生涯敵玉冰。

二妙端能並送似，便呼毛穎試谿藤。（卷二，頁97）

卷二之詩自隆興元年（1163）秋起，至乾道二年（1164）春，赴調至行在及歸吉水所作。

此詩前二句詠趙師暢之人品及嗜好。以玉冰喻幾研，兼喻其人。

三句始及於毛筆及薄箋，以「二妙」括之。

四句以毛穎、谿藤形容筆紙，是典亦是喻。

此詩稍薄，有待下一首補足。

八、同題之二

百楮先生十兔尖，心知奇絕敢言貪。

詩無好語書仍俗，喜氣多多抵得慚。（同上）

此詩比較活潑。

首句以「百楮先生」喻紙，以「十兔尖」說毛筆。

次句足成其意。

三句應紙筆而發，不免自謙。

四句稍稍迴轉。

在「奇」、「貪」、「喜」、「慚」之間七旋八轉，紙筆亦因而生色不少。

九、甲申上元前聞家君不快，西歸見梅有感二首之一

官路桐江西復西，野梅千樹壓疏籬。

昨來都下筠籃底，三百青錢買一枝。（卷二，頁108）

甲申，隆興二年。家君，萬里父名芾，字文卿，其詩典實可以觀學問之富，字畫清壯可以知氣節之高。

首句述「西歸」之狀。

次句寫正題主角——梅，「千樹壓疏籬」不但氣韻盎然，而且上應「野」字，可謂天衣無縫。

三、四兩句似為強弩之末，詩意乏然。

十、同題之二

千里來為五斗謀，老親望望且歸休。

春光儘好關儂事？細雨梅花只做愁。（同上）

首二句釋題之「家君不快」。

三句自慨，亦細抒也。

四句「做」字生色。

此詩較前首詩意稍郁。

十一、彥通以詩送石菖蒲，和謝之

笑拂孤芳旋汲泉，忽如身墮曉霜天。

一生寒瘦知何用？只得清名垂萬年。（卷一，頁112）

首句以「孤芳」寫照石菖蒲，「汲泉」烘襯之。

次句以「曉霜天」增益其情趣。

三句一轉，「寒瘦」以描菖蒲，或亦暗喻己身——文獻中所見楊萬里像，多半清瘦。

四句「清名垂萬年」，是譽菖蒲，或亦自許自詡之辭也。

十二、又和風雨二首之一

東風未得顛如許，定被春光引得顛。

晚雨何妨略彈壓，不應猶自借渠權。（卷三，頁172）

卷三之詩，起乾道元年（1165）春，迄乾道二年秋，在吉水丁憂時所作。

此詩把風、雨對立，又引「春光」為第三者，可視之為小型「戲劇詩」。

首句以肯定語氣說：春風不應顛狂。

次句假設是春光把它誘壞了。

三句責令晚雨（春雨）彈壓顛狂之東風。

四句再就反面叮嚀。

誠齋在此，無異大自然之調人或法官。

十三、同題之二

風風雨雨入春窮，白白朱朱已眼空。

拚卻老紅一萬點，換將新綠百千重。（同上）

前句切題，但「入春窮」三字卻別有意興。

次句以顏色繼紹之，白如梅，朱如桃，可代表全部春花，「眼空」上應「入春窮」。

三句以「老紅一萬點」取代「白白朱朱」，而以「揀卻」冠首，引發下句旨意。

四句「新綠」切對「老紅」，「百千重」亦對準「一萬點」，極穩當。

二詩同題同時而異致，相映成趣，各擅其勝。

十四、和昌英叔覓松枝作日棚之一

先人手種一川松，爲棟爲梁似未中。

只合茅齋聽驅使，爲公六月喚秋風。（卷三，頁193）

此詩起承轉合俱稱合度，但因囿於詩題，詩意詩情終嫌太菲。

一川，一片也。

四句較有詩味。

三句之「聽驅使」，擬人而不落痕跡。

十五、同題之二

欲和新詩且拈髭，岸巾百匝繞前簷。

茅齋或恐清陰薄，更遣蒼官去一添。（同上）

首句全是贅語。

次句岸巾百匝是妙喻，且有擬人作用。

三句小轉。

四句引出「蒼官」來，亦可算是擬人。

誠齋吟詩，無材不可入詩，但因而不免有窘於詩意之處，東坡已有此病，不足怪也。

十六、元舉叔蓮花

不著芙蓉近路栽，菰蒲深處卻花開。

晚香特地清人骨，多謝西風得得來。（卷三，194）

首二句說明元舉叔之蓮種在菰蒲叢中，或有鶴立雞群之概？

三句晚香清人骨甚好。

末句引來西風添趣。「得得」二字，稍嫌沉重，但上應「特地」，亦是有致。

十七、寄題張商彌葵堂堂下元不種葵花但取面勢向陽二首之一

　　行盡葵堂西復東，葵花原自不相逢。

　　客來問訊名堂意，雪裏芭蕉笑殺儂。（卷三，頁194）

　　首兩句只是解題，「行盡……西復東」稍有活潑意思。

　　末二句解「元不種葵花」，用王維畫雪中芭蕉典，意謂此乃詩人畫家之造景，現實中未必有也。故以「笑殺儂」作結。亦可謂善用典故矣。

十八、同題之二

　　主人未肯便山林，賞月吟風酒更琴。

　　每一登堂一揩眼，誰知半點向陽心？（同上）

　　此首比上首活潑可愛。

　　首二句寫主人：山林、月、風、酒、琴，十分熱鬧。

　　三句一轉，實猶承也。

　　四句拈出主旨，「誰知」懇切入神。

十九、看雪

　　揉雲剪水作風毬，夜落連明肯便休？

　　舊說六花元未試，偶看一片上駝裘。（卷五，頁259）

　　此詩作于乾道三年（1167）冬，在吉水家居。

　　首句用三動詞三受語寫雪花，甚有風致。

　　次句交代時間。

　　三、四句說明雪之行蹤，並婉轉表六出之意。

　　乍看似頭重腳輕，其實全詩甚為勻稱。

二十、昌英知縣叔作歲，賦瓶裏梅花。時坐上九人七首之一

銷冰作水旋成家，猶似江頭竹外斜。

試問坐中還幾客？九人而已更梅花。（卷五，頁263）

此詩作于乾道三年（1167）冬。

首句描繪梅質，次句寫照梅姿，連用「冰」「水」「竹」得趣。

三、四句只是交代題意，但最後展示「更梅花」，亦是別一種作法。

二十一、同題之二

膽樣銀瓶玉樣梅，北枝折得未全開。

爲憐落寞空山裏，喚入詩人几案來。（同上）

首句用二喻，一巧一平。

次句實寫。

三句爲主人說出一風雅的理由。

四句切題。「喚入」親切自然。

二十二、同題之三

酒兵半已臥長瓶，更看梅兄巧盡情。

醉插寒花望松雪，人間曾有箇般清？（同上）

酒能解愁，如兵能克敵，故曰酒兵。

首句寫酒，「臥」字巧妙。

次句寫梅，不嫌直抒。

三句進一步「醉插」，已兼攝首二。

四句刻意標誌一「清」，故應是反問句。

起承轉合，不落痕跡。

二十三、木犀

天將秋氣蒸寒馥，月借金波滴小黃。

不會溪堂老居士，更談桂子是天香。（卷六，頁320）

卷六之詩，起乾道六年（1170）夏，迄淳熙二年（1175）春，知奉新縣、召除國子博士、遷太常博士、太常丞及將作少監，補外歸吉水待次時所作。收入《江湖集》中。

首二句巧妙地把桂花的由來分別判給秋氣——其香和月光——其色。「蒸」、「借」俱爲句中眼。

三、四句相對較弱，四句之「談」亦乏勁。

二十四、戲嘲金燈花上皂蝶

花鬚爲飲露爲漿，黑霧玄霜剪薄裳。

飛繞金燈來又去，不知能有幾多香？（卷六，頁321）

首句寫皂蝶之生計。

次句塑造此皂蝶之形象，以霧、霜增添其身價。

三句實寫。

四句復諷，然亦寫出生命之無奈。

二十五、壬辰別頭，胡元伯丞公折雙梅見贈，作一絕以謝之

一花怪結雙青子，獨蒂還藏兩玉花。薄相春工寧底巧？眼明初見雪枝斜。（卷六，頁337）

首二句「雙青子」、「兩玉花」可視爲對仗，「一花」、「獨蒂」。但兩句中二度用「花」，不可否認是此詩之一疵。

後二句只是補述性質。

二十六、雨裏問訊張定叟通判西園杏花二首

白白紅紅一樹春，晴光炫眼看難眞。

無端昨夜蕭蕭雨，細錦全機卸作茵。（卷六，頁366）

此詩以「白白紅紅」形容杏花，又以「一樹春」輔翼之。

次句平實。「晴」字仍有若干作用。

三句度出「無端」二字，乃爲四句鋪墊造勢。

四句以細錦喻杏花，又引出實無其物的「全機」。「卸」字巧，「作茵」更巧。其實落花不是茵草，但詩人故意混淆人之耳目以成其詩趣。

二十七、同題之二

> 梅不嫌疏杏要繁，主人何忍折令殘？
> 也知雨意將無惡，爲勒芳菲故故寒。（同上）

首句以梅之疏烘托杏之繁，令人不得不佩服誠齋觀察力之細密。這當然也未必是絕對的現象。

次句一抑，令人莞爾。

三句說雨之心意，用擬人法。

四句完成其巧說。芳菲與寒意，原來有這等關係！

二十八、探梅，偶李判官饋熊掌

> 小摘梅花篸玉壺，旋糟熊掌削瓊膚。
> 燈前雪裏新醅熟，放卻先生不醉無。（卷七，頁395）

卷七之詩，起淳熙二年（1175）夏，迄淳熙四年夏，待次常州，家居吉水時作。

此詩紀事。窗外有梅，摘來插在玉壺裏，李判官送來熊掌，切之糟之。以瓊膚喻熊掌，也算有些新意。

二者相配，又在燈光下，雪光中，主人（誠齋自己）焉能不醉？

末句用七字說醉，也是曲折之筆法。

二十九、醉後拈梅花近壁，以燈照之，宛然如墨梅

> 老子年來畫入神，鑿空幻出墨梅春，
> 壁爲玉板燈爲筆，整整斜斜樣樣新。（卷七，頁396）

首句似真若幻。次句則真幻矣。

三句連用兩個巧喻，成就詩意。

四句以「整整斜斜」詠梅，歸結於「樣樣新」，乃令讀者覺得自有入神之處。

三十、梅花落盡有感

五樹梅花一樹遲，花遲花早總離披。

春風只解吹梅落，不爲愁人染鬢絲。（卷七，頁404）

首句特寫，次句總縮。

三四句以春風吹梅爲主軸，卻無中生有，怨艾春風不會爲愁人（很可能是誠齋自指）染黑鬢髮。

起承平實，轉合稍詭異。其實四句似合亦不是合。

三十一、探梅

山間幽步不勝奇，政是深寒淺暮時。

一樹梅花開一朵，惱人偏在最高枝。（卷七，頁430）

首句直扣主題，次句補出時序。

三句是全詩核心。

四句表面上是表示憾意，其實或許藉此展示一種稀罕之情。「惱人」、「偏在」、「最高枝」，一語逼一語，頗有緊鑼密鼓之致。

三十二、月下梅花

天恐梅花不耐寒，遣將孤月問平安。

未須一夜都開盡，留取前前後後看。（卷七，頁431）

首二句造意頗巧。梅也月也，在詩人看來，應屬同類之雅物。

三句從天外設想。

四句合得宜人。「前前後後」四字本來十分平凡，在此卻發揮了充分的效果。

此詩與前一首對看，饒有對照之趣致。

三十三、晚歸遇雨

> 略略煙痕草許低，初初雨影傘先知。
>
> 溪回谷轉愁無路，忽有梅花一兩枝。（卷七，頁433）

首二句密綴四個意象——煙痕、草、雨影、傘，三個屬自然，一個屬人。

三句二有一無，卻肇造出氣氛來。

四句寫梅花，了無點飾，但「忽有」、「一兩枝」已足以爲之添姿矣。

以上六意象，全爲梅花鋪路。

三十四、雨中酴醾

> 翡翠堆頭亂不梳，梅花腦子糝肌膚。
>
> 夜來急雨元無事，曉起看花一片無。（卷七，頁438）

首句用喻，亂髮固亦佳人也。

次句用梅花作比，卻說得複雜些。

三句以急雨爲媒，在詩中爲急轉。

四句以無代有。

回顧首二，恍覺人生如夢，世道如夢。

三十五、蠟梅

> 天向梅梢別出奇，國香未許世人知。
>
> 殷勤滴蠟緘封卻，偷被霜風折一枝。（卷八，頁453）

卷八之詩，起淳熙四年（1177）夏，迄淳熙五年春，赴任途中及知常州時作。

首句破題。

次句別思。

三句正面描述。

四句乍出奇兵。

香是直說，蠟白是半喻半述。

三十六、郡圃小梅一枝先開

小窠梅樹太尖新，先為東風覓得春。

後日千株空玉雪，如今一朵許精神！（卷八，頁456）

以「尖新」形容梅花，可謂誠齋創舉。

次句巧思，愜人心意。「覓得」是句中眼。

三四句似轉實承：後來陸續開出的梅花，那怕亦如玉似雪，已毫不稀奇。

四句再為次句乃至首句助陣。

三十七、郡齋梅花

月朵千痕雪半梢，便無雪月更飄蕭。

不應蠟尾春頭裏，兩歲風光一併饒。（卷八，頁457）

首句巧想入神：「千痕」、「半梢」甚妙。

次句幾乎是由反面立言。是耶非耶？

三、四句完全是反說，以此映襯梅之高貴：今冬、明春，所有的「風光」都被梅花佔去了！

由「飄蕭」到「饒」可說是一種辯證法的運作。

三十八、雪中看梅

犯雪尋梅雪滿衣，池邊梅映竹邊池。

要尋疏影橫斜底，揀盡南枝與北枝。

首句二「雪」，一、二句各一「梅」；二句二「池」二「邊」，誠齋一向不忌詩句中重出文字，但運用太過便不免是一疵。

三句套用林逋詠梅詩句。

四句「揀盡」亦由東坡詞得來。

全詩由題目「看」字著眼，故有「尋」（二出）、「揀」之動作。

三十九、新柳

壽仁子與羅永年同試南宮還郡，因談西湖柳色已佳，而郡圃方芽。

輦路金絲半欲垂，外間玉爪未渠開。

一枝柳色休多憶，更趁春風看一回。（卷八，頁462）

壽仁即誠齋長子長孫，羅永年名椿。淳熙五年為禮部會試之年。楊、羅二人會試未中而歸。

首句寫柳，「半欲垂」卓見其風姿。

次句乃寫照「郡齋方芽」。

三句引到西湖柳色上，四句足成其意。

四十、蜜漬梅花

甕澄雪水釀春寒，蜜點梅花帶露餐。

句裏略無煙火氣，更教誰上少陵壇？（卷八，頁465）

按：剝白梅肉少許，浸雪水梅花，溫釀之，露一宿取去，蜜漬之，可薦酒。此詩首二句完全描述此事。寫得若是對仗句。

三、四句以寫詩喻此漬釀之物。

蓋謂此物如詩句醇厚，無煙火氣，可比美詩人中的老杜也。巧喻！

四十一、池亭雙樹梅花

開盡梅花半欲殘，兩株暗雪作雙寒。

團欒遠樹元無見，只合池亭隔水看。（卷八，頁467）

首句直述，乃作二梅樹之烘襯。

次句「暗雪」、「雙寒」俱勝。

三句一抑，四句復揚！

隔水看池亭，隔水看雙梅，同其雅致，同其美妙。至於是否「團欒」，原不重要也。

四十二、水仙花

江妃虛卻蕊珠宮，銀漢仙人謫此中。

偶趁月明波上戲，一身冰雪舞春風。（卷八，頁 474）

江妃愛水仙，其雅潔之姿亦似水仙。故有首句。

次句則以天仙喻此花。

三句月明波戲，加一「偶趁」，是中規中矩的想像。

四句「冰雪舞春風」，更添雅趣。三、四兩句轉合不可分，一片渾成。

四十三、同題之二

額間拂殺御袍黃，衣上偷將月姊香。

待倩春風作媒卻，西湖嫁與水仙王。（同上）

首句「拂殺」，猶言竊取也。

次句平實些，卻與首句或為佳配。

三句四句用傳說而頗得體。

水仙王廟在西湖第三橋北，或謂水仙王即錢塘廣潤龍王。

是西湖嫁，不是水仙嫁，妙。

四十四、新柳

柳條百尺拂銀塘，且莫深青只淺黃。

未必柳條能蘸水，水中柳影引他長。（卷八，頁 475）

首二句平實描述，銀塘為實，深青為虛，淺黃又是實描。

三、四句別出新境：三句抑，四句揚：柳影引柳條伸長，是幻亦是真。

四十五、垂絲海棠

無波可照底須窺，與柳爭嬌也學垂。

破曉驟晴天有意，生紅新曬一絇絲。（卷八，頁 477）

首句「無波可照」，明示海棠不生長在池邊，但若有詼諧之意。
次句切題而抒。

三句一轉：曉日新晴，乃天之恩惠。

四句寫出紅豔之絲，爲海棠生色多多。

四十六、同題之二

> 不關殘醉未惺忪，不爲春愁懶散中。
>
> 自是新晴生睡思，起來無力對東風。（同上）

首二句詠海棠之嬌娜懶洋洋。說是「不關殘醉」，實有幾分醉
態。

三句實說「生睡思」，實與首二句呼應。

四句仍寫其嬌娜。「無力對東風」，妙，洩出多少春情！

四十七、落梅，再看晚花

> 數日春風不奈暄，梅花落盡淨無痕，
>
> 卻將晚荅重收拾，更放南枝第二番。（卷八，頁480）

首二句交代梅花之落盡，乃由於春風屢吹。

後二句描述晚花。此一片晚花，恐仍是梅花。荅者，花也。

全詩以「春風」爲主語，故「不奈暄」、「（使之）落盡」、「收拾」、
「更放」，皆爲東風之動作。

既曰「重收拾」，乃是詩人認定晚花乃原來落梅之重生。

四十八、春曉

> 拂花紅露濺春衣，柳外春禽睡未知。
>
> 天借晴光與桃李，更將剩彩弄游絲。（卷八，頁481）

此詩專寫桃與李。

首句紅露濺春衣，只是一種感覺，其實花紅，露未必紅。

次句烘托，「睡未知」入神。

三句引出老天來，似成這一風景的主宰。

四句直扣桃李，亦予以擬人化。

頭、四句描花，二、三句以禽、天爲輔——天是主，亦是輔。

四十九、同題之二

風光明淑奈渠何？非暖非寒眞是和。

春到千花俱有分，海棠獨自得春多。（同上）

首句「奈渠何」，又顯示海棠之身價不凡。

次句直說海棠：非暖非寒，妙；「眞是和」，帥。

三句平鋪直敘，卻自見春神之卓越。

四句毫不諱言，至此，海棠在春之國度中，更勝過桃李矣。

起、承、轉、合，都很精妙。

五十、米囊花

鉛膏細細點花梢，道是春深雪未銷。

一斛千囊蒼玉粟，東風吹作米長腰。（卷八，頁482）

米囊花，味甘平，無毒，主丹石發動，不下食。和竹瀝煑，作粥食之極美，一名米囊。花紅白色，中有米。

首句形容米囊花之面貌。

次句用雪爲喻。

第三句進一步描寫其形象。

四句米長腰費解，蓋謂腰部皆是米串連。

五十一、上巳

上巳春陰政未開，寒窗愁坐冷於灰。

凍蠅觸紙飛還落，仰面翻身起不來。（卷九，頁485）

卷九之詩，起淳熙五年（1178）春，迄于夏，知常州時作。

首二句只是設境。「春陰」、「冷於灰」，一片寂寥之景。

三、四句才是全詩主體：凍蠅是主角，「觸紙」、「飛」、「落」、「仰面」、「翻身」，步步進逼。

「凍」字由陰、寒、冷一氣貫下，但到了末了，「起不來」似反增添了不少生氣。

五十二、題山莊草蟲扇

風生蚱蜢怒鬚頭，紈扇團圓璧月流。
三蝶商量探花去，不知若箇是莊周。（同上，頁490）

首句直描，「風生」二字添姿。

次句用喻。二句並得解題。

三句增三蝶，以「探花」助興。

四句順勢用典，精彩。

「商量」二字亦煞生動。

五十三、暮熱游荷池上五首之三

細草搖頭忽報儂，披襟攔得一西風。
荷花入暮猶愁熱，低面深藏碧傘中。（卷九，頁514）

此詩寫荷花，卻從「細草」入手，構思甚巧。

擬人化的細草，搖頭報告我，已覺生鮮。

次句說他攔得西風，是遊戲？還是為荷花作保鏢？

三句主角正式露面：入暮仍嫌太熱。

四句更寫其風姿：低看頭面，深藏荷葉中——「碧傘」一喻，十分爽神。

回顧西風的烘襯，亦煞妙也。

五十四、白蓮

花頭素片剪成冰，葉背青瓊刻成稜。
珍重兒童輕手折，綠針刺手卻渠憎。（卷十，頁522）

卷十之詩，淳熙五年（1178）夏秋作，居官常州時。

首二句由兩方面描寫白蓮：素片→冰，青瓊→稜。

三句倒裝：兒童珍惜白蓮，故輕輕折取。

四句亦倒裝：兒童為白蓮之綠針所刺，不免憎彼恨彼矣。

這是一首小型「戲劇詩」。

五十五、瓶中紅白二蓮

紅白蓮花共玉瓶，紅蓮韻絕白蓮清。

空齋不是無秋暑，暑被花銷斷不生。（卷十，頁 523）

首句破題甚為完整。

次句分別以「韻絕」、「清」形容二蓮，或亦可視作互文。

三句一抑，四句一揚，紅、白二蓮之風味精神，至此全然呈現。

此詩首二句連用三「蓮」，亦不嫌贅。

五十六、凝露堂木犀

雪花四出翦鵝黃，金屑千麩糝露囊。

看去看來能幾大，如何著得許多香？（卷十，頁 533）

首二句用二平喻，而桂花之姿貌全然展現。由花瓣到花蕊，共有三色。

後二句似為眾生說法：桂花的香味濃郁撲鼻，比諸多春花為醇烈，故如此說。

五十七、同題之二

夢騎白鳳上青空，徑度銀河入月宮。

身在廣寒香世界，覺來簾外木犀風。（同上）

上一首實寫，這一首半幻半實。

首句擬設一夢境，且無端引出一白鳳。

次句用月典而似真境。

三句承二，「香世界」杜撰而切。

四句夢醒圓滿全詩。

五十八、觀蟻

　　偶爾相逢細問途，不知何事數遷居。

　　微軀所饌能多少？一獵歸來滿後車。（卷10，頁533）

　　此詩用擬人法，且以短劇方式開頭。

　　首句謂我與螞蟻偶然相逢，細問其旅途。次句「不知何事數遷居」，乃我（詩人）的關切之辭。

　　三句依然是我在說話：一蟻之腹，能容多少食物？

　　四句驚詫何其載物之多。

　　此詩起承轉合綿密不可分，其實真合在四句背後。

　　此詩表面上是遊戲之作，其實展示了一些嚴肅的主題，如生民貴勤、人不如蟻、未雨綢繆等。

五十九、食老菱有感

　　幸自江湖可避人，懷珠韞玉冷無塵。

　　何須抵死露頭角？荇葉荷花老此身。（卷10，頁535）

　　此詩直詠老菱，「食」字毫不重要。

　　江湖避人，乃以菱喻人，亦以人喻菱。

　　二句懷珠韞玉既切江湖避人，又寫菱之特質。下再追加「冷」和「無塵」二目，至此幾乎無可添增了。

　　三句一轉，由反面立說，以添波瀾。「抵死」二字有力。「露頭角」亦切題。

　　四句正寫「江湖避人」之態，卻十分優雅。

　　寫菱至此境，亦云勝矣。

六十、張子儀太社折送秋日海棠

　　新樣西風較劣些，重陽還放海棠花。

　　春紅更把秋霜洗，且道精神佳不佳。（卷10，頁537）

　　此詩設想奇特。首句爲因：因爲今年西風比較差勁，所以九月居然有海棠開花。次句爲果。

　　三句似轉實承：海棠原是春紅，至此反把秋霜排除了。

　　四句是閒話，是餘波。

六十一、同題之二

　　木葉籬菊總無光，秋色今年付海棠。

　　爲底夜深花不睡？翠紗袖上月和霜。（同上）

　　首句以木渠、籬菊之無光無彩，烘托秋之海棠。

　　次句更直接抒寫。「付」字有力，是老天交付吧？

　　三句天外來思：誰說海棠夜深不睡？是詩人自己。

　　全詩直接描寫海棠的，其實只有第四句；翠紗袖落而別有風韻；而月色是眞，霜痕恐是幻。

六十二、蒲桃乾

　　涼州博酒不勝癡，銀漢乘槎領得歸。

　　玉骨瘦來無一把，向來馬乳大輕肥。（卷11，頁568）

　　淳熙五年冬，居常州作。

　　首句先示主體的產地。次說此物可以博酒；不勝癡則爲信筆點染。

　　次句用典以濃化涼州及此物之難得。

　　三句直接描寫蒲桃（葡萄）乾。「無一把」，既寫實又詼諧。

　　四句用涼州另一物——馬乳——之大輕肥反襯葡萄乾之小沉瘦。

　　詠物而擇物，亦可算誠齋之技倆。

六十三、正月三日驟暖，多稼亭前梅花盛開

> 春被梅花抵死催，今年春向去年回。
> 春回十日梅初覺，一夜商量一併開。（卷 12，頁 609）

淳熙六年春（1179）之初，居官常州作。

首句乃巧思：春被梅催，而且是拚命催。

次句有點玄：意謂今年之春，猶如去年之春。

三句說得精緻：春回十日，梅乃初覺。

四句梅花們一起商量：我們同一夜綻放，以慶賀春天之駕臨。

是一首精巧的戲劇詩。

十日二字，值得細品。

六十四、新竹

> 東風巧弄補殘山，一夜吹添玉數竿。
> 半脫錦衣猶半著，篔龍未信沒春寒。（卷 13，頁 662）

淳熙六年（1179）春自常州歸至上饒途中作。

首二句一氣呵成，謂行邊數竿竹（以玉喻之），乃東風之巧技。

三句更用新喻描繪竹姿。

四句說明理由。

起承轉合，打成一片。

六十五、芭蕉

> 骨相玲瓏透入窗，花頭倒掛紫荷香。
> 繞身無數青羅扇，風不來時也不涼。（卷 14，頁 704）

此詩作于淳熙六年（1179）夏。

首四字形容芭蕉之氣質。後三字謂在室中隨時可以看見。

二、三句描寫芭蕉的姿貌：上有紫荷香，週邊有青羅扇。

四句看似尋常，其實卻一語道破芭蕉的特質：日風涼，還是芭蕉涼？殊耐人尋味也。

六十六、南雄驛前雙柳

　　　　外計堂前柳奇絕，南中無此兩渦絲。
　　　　午風不動休嫌暑，要看枝枝自在垂。（卷17，頁839）

　　此詩作于淳熙八年（1181）夏，在韶州提刑任上。

　　首句述堂前雙柳，以「絕奇」起興。

　　次句謂嶺南罕見此物。

　　三句寫出雙柳特性：暑午有風而不動。柳不嫌暑，人亦何嘗不可隨柳。

　　四句全描出柳之精神——枝枝自在垂。

　　「垂」柳不卑，妙在自在自得。

六十七、烏賊魚

　　　　秦帝東巡渡浙江，中流風緊墜書囊。
　　　　至今收得磨殘墨，猶帶宮車載鮑香。（卷18，頁902）

　　此詩妙思，巧用典故，卻為烏賊魚平添身份。

　　首句引述古史。

　　次句續之，卻鬧出「墜書囊」一新典。

　　三句又承續之，得一「磨殘墨」。

　　四句無中生有：傳說秦始皇東巡途中死，趙高禁發喪，沿途以鮑魚掩屍臭。此處宮車鮑香，俱從此出。烏賊有知，亦當自覺僥倖。

　　誠齋之卓越的想像力，由此一詩，即可知端的。

六十八、省中直舍，因敲新竹，懷周元吉之三

　　　　老竹堅剛幼竹柔，此君年少也風流。
　　　　錦衣脫體未全瘦，雪粉圍腰猶半愁。（卷22，頁1126）

　　淳熙14年（1187）春作，在左司郎中任內，居行在。

　　首二句寫盡天下竹性。

　　次句直描此新竹。以之擬人。

三句細寫其形貌。

四句續之，以「半愁」上應「風流」。

六十九、含笑

　　大笑何如小笑香？紫花不似白花妝。

　　不知自笑還相笑，笑殺人來斷殺腸。（卷 22，頁 1127）

作時同前詩。

含笑花，人以爲其貌如笑容。

小笑正合含笑花身分。

此花有紫有白二色，故二句云。

三句借題發揮。

四句益發不可收拾。

以含笑花作詩題，後有劉克莊，但後村之性情，不似誠齋那麼狂放，故比較含蓄穩重。

七十、酴醾初發

　　一春長是怨春遲，過卻春光總不知。

　　已負海棠桃李了，再三莫更負酴醾。（卷 25，頁 1288）

此詩作于淳熙十六年（1189）春。

此詩作法乃廣義的留白法。

首二句具言人心不足，怨春遲，卻又任隨春天很快消逝。

三句直承首二句：因爲輕忽，怠慢了春天前段班的海棠和桃李。

四句畫龍點睛：因此不可一誤再誤，把春花的壓軸酴醾辜負了。

「開到酴醾春事了。」此詩不正面寫照酴醾之姿色形貌，卻以春遲春逝海棠桃李把它烘襯出來，所以說這是另一類的留白法。

　　以上七十首，只是誠齋二百多首詠物詩中的一部分，大致可歸納爲以下六點：

　　　　一、多詠植物，尤其以梅花爲最，海棠次之，餘爲蓮、桃李、
　　　　　　菱等。

　　　　二、詠動動者亦復不少：如蠅、蟻、禽、烏賊等。詠烏賊一
　　　　　　詩尤奇。

　　　　三、偶有詠雪而不屬寫景者，蓋將雪視爲一獨立之個體。

　　　　四、善用喻，較少用典。

　　　　五、有奇思妙想，想像力頗爲豐富。

　　　　六、多爲中品及中上品之作，偶有上品。

貳、旅遊

一、衡山值雨

稍喜歸途中半程，猶愁泥潦未知晴。

雨來也不憐行客，風過何須作許聲？（卷一，頁10）

紹興三十二年（1162）秋天作，任零陵縣丞。

首二句謂遊衡山已過歸途之半程，心中不免喜悅，但未見晴天，泥潦滿地，不免又愁。一揚一抑。

但「稍」、「猶」對立，顯示其情感之波動並不太大也。

三句把雨擬人化，怨其缺乏同情心。

四句又怨風：何須如此作聲。

旅情本多變，風雨泥潦，難免有怨愁也。

二、過百家渡四絕句之一

出得城來事事幽，涉湘半濟值漁舟。

也知漁父趁魚急，翻著春衫不裹頭。（卷一，頁32）

百家渡，在零陵南門外二里，即古百家瀨。

此詩作于隆興三十三年（1163）春。

首二句交代時地（時隱，但參四句及後三首，可推知是春天）及渡江之具。「事事幽」籠罩全詩。

三句一轉，體察漁夫之情。

四句直寫漁夫形貌：反穿春衫，不曾裹頭，此趕急之象，頗爲生動。

三、同題之二

園花落盡路花開，白白紅紅各自媒。

莫問早行奇絕處，四方八面野香來。(同上)

首句實寫：園花易落，路花久開。

次句泛寫花色，以色代花。白白紅紅，可能是兩種花，也可能是四、五種花。「各自媒」者，各自找伙伴媒合也。

三句乃是反說：「莫問」，恰是要問。

「奇絕」二字，承先啓後。

四句提供正確答案：野香四溢，但是上置「四方八面」四字，氣派便大。

四、同題之三

柳子祠前春已殘，新晴特地卻春寒。

疏籬不與花爲護，只爲蛛絲作網竿。(同上)

柳子祠，在永州零陵愚亭內，在州西一里之愚溪，乃柳宗元在永州後期寓居之處。

首句謂柳子祠前春花零落。以花代春，誰曰不宜。

次句原只是「新晴」、「春寒」四字，加入「特地」、「卻」三字，便覺較有滋味。

三句一轉，再詠疏籬：籬笆之主要功能本是保護園花的，此處卻說它未盡此職責。

四句接下去說疏籬只結了許多蛛絲。乃譴責花已落盡，蛛絲卻成網，籬之過失也。擬人法每加添趣法，此一例也。

五、同題之四

> 一晴一雨路乾溼，半淡半濃山疊重。
>
> 遠草平中見牛背，新秧疏處有人蹤。（同上，頁33）

首句平實。

次句用同樣句法，卻因「山疊重」於濃淡之間，而有奇氣。

三句用透視法寫實景。

四句又用之。而人蹤終見。

全詩是一幅春天的圖畫：有路，有山，有草，有牛，有秧，有人。

一筆一筆描來，詩畫合一矣。

六、宿楓平

> 休說江西西路行，東來骨瘦卻詩清。
>
> 恐緣桂玉疏雲子，敢對溪山喚麴生？（卷二，頁84）

卷二之詩，起隆興元年（1163）秋，迄乾道元年（1164）春，赴調至行在及歸吉水所作。

楓平，在江西玉山縣，一作鳳坪。

首句抑，實為次句之烘襯。

次句「骨瘦」、「詩清」，頗入神。

三句謂桂如玉，又如梳，梳理著天上的雲。

四句謂桂樹梳雲之餘，莫非有醉酒之意，對此溪此山喚酒！明用「恐緣」、「敢對」，只是表現得委婉一些而已。

七、過下梅

> 不特山盤水亦回，溪山信美暇徘徊。
>
> 行人自趁斜陽急，關得歸鴉更苦催。（卷二，頁85）

下梅，在浙江壽昌縣。

首句山盤水迴四字化為七字，更有風致。

次句添重之，但又重複了一個「山」字。是小疵。

三句「趁斜陽急」，是一種感覺，亦成畫意。

四句歸鴉苦催，亦只是詩人的感覺：鴉聲軋軋，更添夕景風情。

八、往安福宿代度寺

　　春前臘後暖還寒，陌上泥中濕更乾。

　　野寺鳴鐘招我宿，遠峰留雪待誰看？（卷二，頁 126）

乍暖還寒時節，正是臘後春前。

此際陌路上泥土必是半濕半乾，或乍濕乍乾。

二句寫盡春初光景，由上到下。

三句入題：安福在吉州西一百二十里，代度寺名甚奇，甚雅，鳴鐘以示歡迎。

四句遠山之雪景，更添此際風味。

「遠峰」擬人化，故態「留雪」待客。「誰」字乃故設疑惑之辭，其實詩人心中以為：此雪為我留！

暖、寒、濕、乾、野寺、鐘鳴、遠峰、雪，凡此種種，皆為「我」設，皆待「誰」看。

因途景及于寺景，而我在其中。有我耶？無我耶？兩者皆是。

九、過神助橋亭

　　下轎渾將野店看，只驚腳底水聲寒。

　　不知竹外長江近，忽有高桅出寸竿。（卷三，頁 183）

卷三之詩，起乾道六年（1165）春，迄乾道二年秋，在吉水丁憂時作。

神助橋在吉安府城南十里，相傳宋至和間作橋時，有木十餘泊於橋，因取以為名。

首句寫實。「渾」字有味。

次句「水聲寒」，聲音、氣候感覺俱全。「驚」字上應「渾」字。

三句一抑似揚。

四句寫出高桅，為全詩提振精神。

十、過大皋渡

隔岸橫洲十里青，黃牛無數放春晴。
船行非與牛相背，何事黃牛卻倒行？（卷3，頁184）

大皋渡，屬大皋城，在吉安府南二十里。

首句據實描寫。

次句續描：「黃牛」與「十里青」相對成趣。而一起籠罩在「春晴」之下。

三、四句如漫畫畫面：「黃牛倒行」應是船行時的一種錯覺。

以問句收場，較有風致。

十一、至永和

出城即便見青原，正在長江出處天。
卻到青原望城裏，樓台些子水雲邊。（卷三，頁185）

永和亦在吉安縣，青原亦是地名。

全詩白描。

二句「天」字安排得巧。

三句一承一轉。

四句樓台水雲，加上「些子」二字略添情趣。

十二、自值夏小溪泛舟出大江

放溜山溪一葉輕，山溪盡處大江橫。
舟中寂寂無人語，只有波聲及雨聲。（卷三，頁186）

首二句切題而抒。值夏為市集名。

三句實寫，實為引發四句。

四句二聲正好對準上一句之「寂寂」。

上有雨聲，下有波聲，聲音亦可構成圖畫也。

十三、都下無憂館小樓，春盡旅懷二首之一

> 病眼逢書不敢開，春泥謝客亦無來。
>
> 更無短計銷長日，且遶欄千一百回。（卷四，頁227）

四卷之詩，起乾道二年（1166），迄乾道三年秋，經潭州赴行在，以除服命爲奉新令，還家待次作。

此詩乃在旅邸所吟。

首句謂不讀書。

次句說不迎客。

一因病眼，一因春泥（泥濘也），一爲內因，一爲外因。

三句綰合首二，引發四句。

四句繞行旅舍欄杆一百（言其多也）次，亦可算是大旅中的小旅了。

十四、同題之二

> 不關老去願春遲，只恨春歸我未歸。
>
> 最是楊花軟客子，向人一一作西飛。（同上）

首句巧，巧在「願春遲」與「老去」楔合爲一，卻又上置「不關」否決之。

二句明述春歸，而我猶滯留旅途，此乃怨恨之情的造因。

三句扯上了楊花（即柳絮），亦巧。此「欺」字上承「恨」字。

四句「作西飛」，乃誠齋歸鄉之途。人心之所欲而不能得，見他人或他物得之，最怨恨，最惆悵。

「作西飛」直承「未歸」而相反。

十五、過雙陂

> 霜後寒溪清更清，冰如溪水水如冰。
>
> 閒來也有窮忙事，問訊梅花開未曾。（卷四，頁249）

雙陂，溢塘東半里有雙溪村，在南溪上，疑即雙陂所在。在江西吉水縣。

此詩描寫雙陂溪景。

首句極寫其清。

次句極寫其寒冽。

首句用「×更×」句法，次句用「×如××如×」句法，相映成趣。

寫完了大自然，三句再寫人（詩人自己）。

四句又回到大自然上：然是另一時空，問訊溪水：我家鄉之梅花開花也未？

十六、淺夏獨行奉新縣圃

我來官下未多時，梅已黃深李綠肥。

只怪南風吹紫雪，不知屋角楝花飛。（卷六，頁317）

卷六之詩，起乾道六年（1170）夏，迄淳熙二年（1175）春，知奉新縣，召除國子博士，遷太常博士、太常丞及將作少監，補外歸吉水待次時作。

奉新縣在江西隆興府西一百二十里。

首句謂初任奉新知縣。

二句描述梅子、李子的景象，前後恰對仗。

三句紫雪奇絕。

四句楝花與紫雪呼應。「不知」乃是綴飾語，上應「只怪」。

一詩寫四物，相映成趣。

十七、登清心閣

苦遭好月喚登樓，腳力雖慵不自由。

上得金梯一回首，冰輪已過樹梢頭。（卷六，頁318）

清心閣在奉新縣署內。

首句「苦」與「好」對峙，度得有力。

次句謂腳力雖疲慵，仍身不由己登樓。

「金梯」或屬誇張，但在此頗適宜。

四句「冰輪」上應「好月」。「已過樹梢頭」亦是加持「好」字。

十八、歸自豫章，復過西山

> 一眼苕花十里明，忽疑九月雪中行。
> 我行莫笑無騶從，自有西山管送迎。（卷六，頁327）

此詩乃誠齋由豫章返奉新之作。

此時猶春日，苕花飄飛郊野，照眼甚明。

首句實寫。

次句用喻不落痕跡，乃以雪花喻苕花也。

三句一抑，謂我訪西山，不帶隨從，諸君旁觀莫見笑也。

四句一揚：西山自管迎送。如此一揚一合，多少風光盡在斯矣。

十九、望見靈山

> 旱後催科惱殺儂，且隨尺一解而東。
> 靈山忽近西山遠，回首新吳一夢中。（卷六，頁330）

靈山在上饒西北九十餘，有七十二峰，又名靈鷲山，為信州之鎮山。

首句謂身為縣令，負責催租之事，十分繁忙，不免懊惱。

尺一，書牘公文也。次句說暫釋下公文往來一遊。

三句摘出主題，且以「西山遠」烘襯之。

四句又提及奉新（古名「新吳」），即他工作所在地，竟然以「一夢中」結之。

人生如夢，官場如夢，大自然似夢非夢。

二十、甲午出知漳州，曉發船龍山，暮宿桐廬二首之一

> 一席清風萬壑雲，送將華髮得歸身。
> 海潮也怯桐江淨，不遣濤頭過富春。（卷六，頁364）

甲午即淳熙元年（1174）。漳州，福建路州郡，治龍溪縣。龍山，在浙江杭州府仁和縣。

桐廬，嚴州府屬縣，在州北一百五十里。

首句描寫坐船出發之情狀。「萬壑雲」自不免誇張，此猶李白「白髮三千丈」也。

次句亦實述：華髮本表作者之年齡，但在此卻與「萬壑雲」呈強烈的對照。

三句把「海潮」擬人化，怯桐江之淨，故退避焉，甚爲生動。

四句足成上句，不遣濤頭過富春，則不至玷污純淨之桐江矣。

二十一、同題之二

道塗奔走不曾安，卻羨山家住得閒。
記取還山安住日，更忘奔走道塗間。（同上）

此首可謂「反旅遊」詩。

東奔西走，固遊宦之人的宿命。

次句羨山中隱居人。

三句一轉，回憶自己亦曾山中安居。

四句說忘奔走。

全詩道塗與山居對峙，往而復返。

二十二、訪周仲覺，夜宿南嶺，月色燦然，曉起路濕，聞有夜雨

夜晴那得曉來泥？才見金鉦浴紺池。
一陣五更松上雨，元來曉著不曾知。（卷七，頁431）

七卷之詩，起淳熙二年（1175）夏，迄淳熙四年夏，待次常州，家居吉水作。

此詩由夜到晨，歷時至少五、六個時辰。南嶺在吉水縣西六十里同水鄉。

前二句可視作倒裝。

次句說昨夜月如金鉦，浴在池中。「才見」乃誇飾之語。

首句承之，何以曉來地上有泥漿？

三句轉：五更有雨。

四句綰合。

承起轉合，後半力稍弱。

二十三、過西坑

　　乾風無那濕雲何，吹不能開只助他。

　　野水落溪生蟹眼，一番過了一番多。（同上）

西坑，在同水鄉，方廣十畝，可灌四頃地。

首句上有濕雲，旁有乾風。

次句吹不開，聊助陣，吹之不成雨。

三句「蟹眼」是巧喻。

四句一番一番，氣勢頗旺。

一、二與三、四間自有因果關係。

二十四、永和放船二首之一

　　永和不到又經秋，淡日微風好放舟。

　　最是可憐江上路，人來人去幾時休？（卷七，頁440）

永和鎮在廬陵縣南十五里，即廢東昌縣，為商民輻輳處，有上中下三市。

首句一則示己久不到永和，一則告知季節。

次句描寫秋景「淡日微風」，又告知遊之方式。

三句上承「放舟」：可憐，可愛也。

四句人來人去，正寫出「商民輻輳」之實況。「幾時休」，聊以助勢也。

二十五、同題之二

瀕江樓閣只遙看，卻恐登臨不足觀。

已是老來無眼力，更供兩岸萬峰寒。(同上)

首句遙看江上樓閣，一「遙」示知人在船中。

次句說惟恐登臨閣上，並不能看到好風景。亦是巧思。其實人生萬事，每多如此。

三句退一步想：不是風景不足觀，乃是自己老了（是年誠齋五十一歲），眼力大如前。

四句「供」字有味，「兩岸萬峰寒」氣勢不凡。

「供」者，供奉也，陪侍也。

二十六、丁酉四月十日，之官毗陵，舟行阻風，宿椆陂江口

出聲兩岸不堪聞，把燭銷愁且一尊。

誰宿此船愁似我？船篷猶帶燭煙痕。(卷八，頁441)

卷八之詩，起淳熙四年（1177），迄淳熙五年春，赴任途中及知常州時。

之官毗陵，赴知常州任。今吉安市北六里有洲家陂，或即毗陵椆陂江。

首句疑由李白「兩岸猿聲啼不住」脫化而來。

次句以酒澆愁，「把燭」助興。

三句再強調一「愁」字，且密綴於我身，用反問句增加聲勢。

四句把二、三句的句意熔合為一。

二十七、同題之二

千里江行一日程，出山似被北風嗔。

東窗水影西窗月，併照船中不睡人。(同上)

首句又變化李白「千里江陵一日還」句意。

次句直接演繹題目上「舟行阻風」四字。「被……嗔」有意思：

船、風俱擬人化。

三句水影與月光對峙，有韻且有力。

四句畫龍點睛。

東、西、北加千里，此詩氣派不凡。

二十八、舟次西徑

夜來徐漢伴鷗眠，西徑晨炊小泊船。

蘆荻漸多人漸少，鄱陽湖尾水如天。（同上，頁442）

徐漢，在鄱陽湖西，隆興府北。西徑，在徐漢以東。

首句不但明示地點，且以伴鷗眠描述其雅興。

次句「小泊船」之「小」兼示船小及此行之「小」。

三句寫景，亦甚單純：蘆荻多，略有蕭條之象，人少，有寂寥之感。

末句「水如天」，謂鄱陽湖水天一色。

小遊勝家居也。

二十九、玉山道中

村北村南水響齊，巷頭巷尾樹陰低。

青山自負無塵色，盡日殷勤照碧溪。（卷八，頁444）

玉山縣，在江西信州東九十里。

首句有聲有色。

次句只有視景，亦參差歷落。

三句把「青山」擬人化。一味「自負」純淨。

四句生動，青山顧影自憐，以溪為鏡。

三十、入常山界

老隨千騎赴毗陵，騎吏朝來有喜聲。

未到常山三十里，此身已在浙中行。（卷八，頁445）

常山縣，浙江衢州之縣。

首句聲勢浩大。

次句續其聲勢。

三句一抑。

四句一揚。

簡單的絕句，宜與下首同讀。

三十一、同題之二

　　昨日愁霖今喜晴，好山夾路玉亭亭。

　　一峰忽被雲偷去，留得崢嶸半截青。(同上)

首句霖、晴對舉，是一很好的開端。

次句以玉亭亭（亭亭玉立也）形容好山已是奇喻，增一夾路更出色。

三句奇語。「偷」字爲句中眼。

四句「半截青」與「玉亭亭」前後呼應。

此詩正補上詩之不足。

三十二、小憩栟楮

　　筍輿放下倦騰騰，睡倚胡床撼不應。

　　欅柳細花吹面落，誤揮團扇撲飛蠅。(卷八，頁446)

栟楮，常山縣十二鋪之一。在縣東北十里處。

以筍輿代竹輿，頗雅。

次句胡床，遙與筍輿相應。而「撼不應」則爲「倦騰騰」之果。

三句寫景，欅、柳並舉，細花吹面落，似乎桃逗主角之「撼不應」。

四句主角有反應了：揮團扇以撲飛蠅——原來這是一個美麗的誤會。

寫物細膩，寫人有趣。

三十三、過招賢渡之二

一江故作兩江分，立殺呼船隔岸人。

柳上青蟲寧許劣，垂絲到地卻回身。（卷八，頁447）

招賢渡在衢州西安縣府西南三十里，信安溪渡口也。

首二句述地勢兼述渡江之人猛呼窮呼，蓋渡船不多，須久候也。「立殺」罕用。

三句突然捨大求小：寫照柳上青蟲（不知名），且以春秋之筆出之。

四句抒寫生動：下而復返，增加場景趣致。

三十四、冬日歸自天慶觀

逗曉清寒未苦嚴，輕霜隨分點茅檐。

霧中失卻溪邊寺，不見浮屠只見尖。（卷十一，頁576）

卷十一之詩，淳熙五年冬，居官常州時作。

首句「逗」字出色，「清寒」下加「未苦嚴」，把「清」字輕輕詮釋了。

次句「隨分」應「點」。

三句「失卻」好。

四句更加注腳：不見金塔，只見塔尖。

寒、霜、茅檐、霧、溪、寺、浮屠（不見），塔尖，一氣貫下，如畫。

三十五、同題之二

節裏人家笑語饒，日高猶是燭光交。

霜林遮眼八九葉，露竹出牆三四梢。（同上）

首句「節裏」直扣題目中的「冬至日」，笑語饒渲染氣氛。

次句日光高照，仍有觀中、觀外之燭光。

三句寫霜葉，四句描竹梢，各有風致：「遮眼」、「出牆」恰恰成對。八九、三四不嫌其煩。

三十六、泊船百花洲，登姑蘇台

二月盡頭三月初，繫船楊柳拂菰蒲。

姑蘇台上斜陽裏，眼度靈巖到太湖。（卷13，頁652）

淳熙六年（1179）春，自常州歸至上饒途中作。

首句實寫時節。

次句以二植物襯托時節及泊船情狀。

姑蘇台，在百花洲，在吳縣城內西南，北自胥門，南抵盤門，水深極廣。

靈巖山，又名號石山，高三百六十丈，在吳縣（今蘇州市）西三十里。

三、四句謂夕陽下由靈巖山一直看到太湖。

寫景活潑。

三十七、同題之二

客裏逢春了不知，牡丹剩買十來枝。

東風動地從渠惡，吹盡楊花無可吹。（同上）

首句平實而妙。

二句亦直抒。「剩買」甚為親切。

三句譴責東風，半正經半戲謔。

四句「吹盡楊花」其實已經說盡，但偏偏加上「無可吹」三字，卻更見風致。

三十八、已至湖尾，望見西山

好風穩送五湖船，萬頃銀濤半霎間。

已入江西猶未覺，忽然對面是西山。（卷14，頁695）

淳熙六年（1179）夏，自南康歸，居家吉水作。

首二句用了三個數字——五、萬、半。五湖是地名，萬頃是誇飾，半霎是反面誇飾，調配得很恰切。「好風」、「銀濤」前後呼應。

三、四兩句乃一貫的意思，因見對面西山，而恍悟自己不覺船入江西。

此與首二句直接相關。

三十九、同題之二

蘆荻中間一港深，蔞蒿如柱不成簪。
正愁半日無村落，遠有人家在樹林。(同上)

首句寫實，是遠景加中景。

次句「如柱」爲一喻，「不成簪」是半喻——似簪又不甚似。妙。

三句愁無村落，是一種落寞之感。

四句補充說明：雖無村落，卻有一些人家，在樹林之邊緣。

近、中、遠景俱全。

四十、同題之三

千里都無半點山，如何敢望有人煙？
不教遠樹遮欄卻，蘆荻生來直到天。(同上)

首句似爲上一首之三句作旁證。千里、半點又是誇飾之慣技。

二句推衍。

三句又另寫一景：蘆荻，主詞在下句。蘆荻與遠樹相比，自是弱勢，但它有「不教……」的雄心。

四句「生來直到天」，「生來」有二義：一、出生以來，宿命也；二、生長得。兩義對用。

山、人煙、遠樹、蘆荻、天，交相爲用，三實一虛，亦有參差成圖畫之功效。

四十一、三月晦日閑步西園

嶺南春去儘從伊，元自無花可得飛。
只有草花偏稱意，強留蝴蝶不教飛。(卷 16，頁 807)

下二首乃淳熙八年（1181）春，廣州任上及赴韶州提刑任途中作。

首句灑脫。次句完足其意。

三句草花，指草本之花，如蒲公英之類。

四句無中生有。蝴蝶戀花，本屬自然而然之事。草花「強留」之，不使飛走，乃詩人一廂情願的想法。

三句「稱意」與四句「強留」，可謂草花一以貫之的「個性」。

四十二、閏三月二日發船廣州來歸亭下，之官憲台

　　詩人正坐愛閒遊，天遣南遊天盡頭。
　　到得廣州天盡處，方教回首向韶州。（卷十六，頁807）

廣州來歸亭，在廣州子城東南隅，衝霄門外。

原來誠齋提舉廣州常平茶鹽。後制師平盜沈師，孝宗稱之。其前已改除提點刑獄，《宋史》本傳所記有誤。此治所在韶州。

首句謂原先在江南為官，悠閒自在。

次句謂為官廣州，乃在天之盡頭。

三句指船北上，不忌重複「天盡」二字。

四句謂韶州在廣州之北，故此次調官韶州，乃由「天盡頭」回首回船。

可惜全未寫實際風光。

四十三、岸沙

　　水嫌岸窄要衝開，細蕩沙痕似剪裁。
　　蕩去蕩來元不覺，忽然一片岸沙摧。（卷十六，頁811）

此在赴韶州旅途中。

首句乃全詩主旨。「嫌」，擬人化。

次句由首句引伸，「似剪裁」佳妙。

三句承而轉。

四句是由轉而合。「嫌岸窄」是因,「岸沙摧」是果。

全詩有如一首戲劇詩。

四十四、南雄解舟

一昨春江上水船,即非上水是登天。

如今下瀨江無水,始信登天卻易然。

此詩作于淳熙八年(1181)夏,旅途中。

首句謂昨天春水旺,故曰「上水船」。

次句誇張地說:非「上水」,簡直是登天。

三句一大轉,如今下瀨,江水乏然。

四句再轉:謂如今始信登天本易,無水則奈何!

四十五、曲灣放船

梅子成陰夾道周,木綿吐焰滿江頭。

春來不是無桃李,臘月花開已落休。(卷十八,頁915)

此詩約作于淳熙九年(1181)春,班師廣州續歸韶州時。曲灣在惠州博羅縣。

首句寫景出色。

次句用喻更佳。

三句一抑。

四句雖述花落盡之狀,在詩中卻是一揚。

梅子、木綿、桃、李,呈對位法。

四十六、仲冬詔追造朝,供尚書郎職,舟行阻風青泥之二

破蘿外面即江流,枯樹梢頭總客愁。

隔水遠山濃復淡,殷勤點綴一川秋。(卷19,頁942)

此詩作于淳熙十一年(1184)冬。

誠齋於淳熙九年春,以繼母喪,免廣東提刑。服喪期滿,淳熙十一年十一月赴召,尚左郎官即以吏部郎中、吏部員外郎主管侍郎左選。

青泥在臨江軍清江縣東南，永泰南至新塗之間。

首句寫景如畫。

次句明寫枯樹，卻以「客愁」綴于其梢頭，便生色不少。

三句山水濃淡，「隔」、「遠」，復皆著力。

四句，一川，一片，一大片平原也。「殷勤點綴」使山、水皆擬人化。

四十七、自生米小路出舞陽渡

獨徑千盤繞水田，初逢官路一欣然。

舞陽渡口新河水，白髮重來二十年。（卷25，頁1320）

此詩約作于淳熙十六年（1189）春，赴行在至隆興府途中。

舞陽渡，又名武陽渡，在南昌縣長定鄉，乃漸山盡處，初入南昌縣界。生米渡在新建縣南四十里。

首句前四字「獨徑千盤」氣勢不凡。

次句標明此是官路。

三句拈出渡名，只加「新河水」三字。

四句「重來」對應「新」字。

二十年後又重來，少年已成白髮翁。

獨徑千盤、一欣然、二十年，都是數字，卻安排得自然不易覺察。

四十八、晨炊熊家莊

朝饑一眼望炊煙，繞盡長溪過盡山。

承露絲囊世無樣，蜘蛛偷得掛籬間。（卷26，頁1329）

此詩作于淳熙十六年（1189）秋，自隆興府至行在途中所作。

熊家莊，南昌府進賢縣有熊家橋。

首句直指題意。

次句將炊煙擬人化，它（他）繞溪過山，生命力甚綿遠。此句奇。

三句一大轉：承露之絲囊舉世無雙。

四句特加詮釋：乃是一蜘蛛暗中（「偷」）懸掛在疏籬間。

一、二句與三、四句表面上看來毫不相關。

但是實際上有兩個關聯。

一、同一時空存在。

二、蛛絲與炊煙恍惚有些形似。

詩人之觀察力甚爲敏銳，而加妙手組織，乃以風景成奇詩。

四十九、銜命郊勞使客，船過崇德縣之二

> 水面光浮赤玉盤，也應知我牽夫寒。
> 滿河圭璧無人要，吹入詩翁凍筆端。（卷27，頁1376）

此詩作于淳熙十六年（1189）冬，以秘書監爲金使接伴使，往返淮河途中時。

崇德縣在嘉興府西南一百里。

首句描寫冬日太陽反映在水面，以「赤玉盤」爲喻，此喻依得自李白。

次句緯夫拉船之寒苦，用「也應知我」，多一番曲折。

三句「圭璧」自「赤玉盤」變化而來。

四句直承上句「無人要」，我要！「吹入」委婉，「凍筆端」之「凍」恰合「圭璧」。

五十、過呂城閘

> 閘頭洲子許團欒，古廟蕭條暮雨寒。
> 榆柳千株無半葉，冬青一樹碧琅玕。（卷28，頁1433）

此詩作于淳熙十六年（1189）冬，迎金使歸途。

呂城閘，在京口東丹陽縣境內，在縣東南五十四里，與武進縣接境。

首句寫沙洲之圓形。

次句寫古廟之蕭冷。

三句寫榆柳無葉，其景可憫可傷。

四句在三柳之後，突然一揚，令人精神爲之一振。

五十一、藏船屋

吳中河畔多鑿小沼，與河相通，架屋其上，藏船其中。

望見官旗銜舳艫，漁船爭入沼中蘆。藏船蘆中猶有雨，

屋底藏船雨也無。（卷29，頁1476）

此詩作于紹熙元年（1190）正月，送金使赴淮時。

首句官旗舳艫，主體已現。

次句實寫船景。

三句一抑。

四句一揚，而藏船屋之功能盡呈。

詩情雖薄，畫意猶郁。

五十二、過寶應縣新開湖之二

細雨初如弄隙塵，須臾化作舞空蚊。

作團面旋還分散，只見輕煙與薄雲。（卷30，頁1530）

此詩作于紹熙元年夏日，由淮歸途中。

寶應縣在江蘇。

此詩寫細雨十分精彩。

首句雨細如塵。加一「弄」字生色不少。

二句更出巧喻：如蚊舞空中。

三句描寫細雨，亦似描寫蚊陣。

末句蚊散（雨止），只見煙雲。「輕」、「薄」二字，直承首句的「細」字。

五十三、過笪橋

輕風欲動沒人知，早被垂楊報酒旗。

行到笪橋中半處，鍾山飛入轎窗來。（卷31，頁1594）

此詩作于紹熙元年冬，除江東運副赴任時。

箇橋，太平橋，在建康運司西南。

首句輕風爲主角。

次句垂楊、酒旗擬人化，俱爲配角。

三句切題。

四句鍾山入轎，神來之筆。

首句之輕風，似爲送鍾山之使者。

五十四、發孔鎮，晨炊漆橋，道中紀行之二

> 可堪衰病兩相殘，更苦懸車尚五年。
> 羨殺雨中山上水，留他不住竟歸田。（卷32，頁1647）

此詩爲紹熙二年（1191）秋行部經他州一帶入宣州途中作。

漆橋驛在溧水縣南七十五里。

首句寫自己身體狀況。

二句謂自己退休之年還有五年，甚爲焦急無奈。

三句一轉，由己身跳脫，說到山水上。

四句以山上水之歸于田中，喻大自然之物有大自在，彼留不住，我被留住；彼歸田，我仍在宦途。

明是寫景而自抒己情，是大手筆。

五十五、江行七日阻風，至繁昌，舍舟出陸之二

> 山行辛苦水行愁，只是詩人薄命休。
> 管取如今遵陸了，雲開風順水東流。（卷33，頁1686）

此詩作于紹熙二年秋，行部，自宣州經太平州歸建康時。

繁昌縣在太平州西南一百六十五里。

首句說盡旅人辛苦。

次句以詩人代我。「薄命」上應「辛苦」及「愁」，「休」字助勢。

三句切題。

四句開、順、東流一脈貫下，而風清雲淡水暢之景致俱見矣。

四句說盡旅人心胸。

五十六、宿青山市之二

雲塗霧抹澹葱曨，萬匹霜綃罩玉龍。

中有雙峰不爭長，諸峰情願長雙峰。（卷34，1731）

此詩作于紹熙三年（1192）春，自建康行部視囚途中。

青行市，在太平府東南三十里，屬蕪湖縣。行綿亘甚遠，周八十里。山南小市，有謝朓故居。

首句寫來如畫，雲、霧俱擬人化。「澹」字作動詞亦有力道。

次句以「萬匹霜綃」喻雲霧。又是擬物。

玉龍，指青山。

三句一承一轉，中有雙峰特出，但儼然巢由高士，不與群峰爭長。

四句謂諸峰敬二峰，寧奉之為長，其形象如在目前，妙。

全詩屢用擬人、擬物之法，句句都活。

五十七、自金陵西歸至豫章，發南浦亭，宿黃家渡

過了重湖雪浪堆，章江欲盡淦江來。

到家無此江山景，畫舫行遲不用催。（卷36，頁1839）

此詩作于紹熙三年秋，西歸吉水時。

南浦亭在南昌廣潤門外，往來艤舟之所。

黃家渡市在南昌縣東三十里。

首句重湖，多重湖泊也。雪字喻浪。

次句實寫，但卻把二江寫活了。

三句一抑。

四句一揚。

此詩用留白技巧。

五十八、登天柱岡

　　　　雲外千峰鬥速行，山尖一樹獨分明。

　　　　不知林下人家密，倚杖忽聞雞犬聲。（卷38，頁1978）

　　本詩作于慶元二年（1196）冬以後，吉水家居時。

　　首句語奇：千峰鬥速行，似謂登山時覺群峰爭先。

　　次句謂諸峰模糊，另有一樹猶清明。

　　三句一大轉：登山之時，只顧一味向上攀緣，不知山下人家。「人家密」與首句「千峰」若相呼應。

　　四句「倚杖」是詩中唯一的動作，卻發生了很大的效應：忽聞雞犬聲，以此聲音點睛。

　　雞犬聲與千峰鬥速，亦呈現一種對位法的效用。

五十九、與子仁登天柱岡，過胡家塘蕈塘，歸東園之二

　　　　胡床腳底萬峰寒，拄杖錐尖亂蘚斑。

　　　　天柱岡頭行未飽，相攜更上一重山。（卷39，頁2021）

　　此詩作于慶元六年（1200）春，吉水家居時。

　　天柱岡在吉水縣北四十里仁壽鄉。

　　蕈塘，同水鄉五十六都有淳塘，疑即蕈塘。

　　首句似謂有胡床伴隨登山者。「腳底萬峰寒」是一種氣派，「寒」字反不重要了。

　　二句以錐尖喻杖，「亂」字亦妙。

　　三句謂題中之天柱岡已登完，然未滿足。

　　四句所謂「更上一層山」（王之渙詩句變化而來），乃此岡有數峰也。

　　此詩爲登山七絕之勝作。

六十、宿城外張氏莊，早起入城

　　　　燈火頻挑只管殘，雨聲終夜惱空山。

　　　　幸蒙曉月多情白，又遣東風抵死寒。（卷40，頁2131）

此詩作于嘉泰二年（1202）春，家居吉水時。

張氏莊，吉州有張家渡，在吉水縣東南。

首句「頻挑」之後繼之以「只管殘」，一正一反，甚為新鮮。

雨聲、空山因一「惱」字，而雙雙擬人化。

三句以「幸蒙打頭」一轉，「多情白」與「惱」字恰成對峙之勢。

四句卻又作反面說法：「抵死寒」。是誰「遣東風」？曉月？老天？似亦不必深究。

此詩有中生有，參差歷落，甚有風趣。是誠齋的一大壇場。

以上六十首旅遊詩，大致有六個特色。

一、短旅多於長旅。誠齋畢竟不是徐霞客。

二、寫景精緻，但亦有大筆一揮者，或用留白技巧。

三、有不少巧喻。

四、善用擬人法。

五、常因景及情，以大自然比照自己。

六、多為中品、中上品，三五首為上品。

參、寫景

一、又和梅雨

　　　　管得天公雨更晴，何關客子病心情。

　　　　得歸此意良不惡，且住微軀也自輕。（卷一，頁52）

　　此詩作于隆興元年（1163）夏，零陵縣丞任滿回吉水時作。

　　首句「管得天公」，應視作倒裝句法，是說老天可以管得雨晴，亦可作反面解說：天公到底管得了雨和晴嗎？

　　次句謂天之晴雨與我作客之人的心情。

　　三句一轉：說能歸鄉便是好。

　　四句謂微軀本輕，能「住」便佳。

　　嚴格說來，此詩未寫甚景，只是在天氣的晴雨及己之處境上著筆，但題既為「梅雨」，亦可入之于廣義之寫景詩矣。

二、題代度寺

　　　　一別重來十五年，殘僧半在寺依然。

　　　　黃楊當日絕低小，已過危檐也可憐。（卷二，頁67）

　　卷二之詩，起隆興元年（1163）秋，迄乾道元年（1164）春，赴調至行在及回吉水作。

　　代度寺在安福縣，誠齋居吉水縣西北五十里南溪，安福縣在其西，此寺即途中所經。

首句明述相逢歲月。

次句說僧說寺，平平當當。

三句特寫黃楊，以高低爲準。

四句以「已過危簷」狀其變化，加一「可憐」——可憐，可愛也。

寫景灑落，時空兼顧。

三、又題寺後竹亭

行盡空房忽畫欄，竹光和月入亭寒。

壁間題字知誰句？醉把殘燈子細看。（卷二，頁68）

首句寫空房、畫欄，以一「忽」字串連之，而主角「竹亭」現身焉。

次句「竹光」清新，和月、並寒，而竹亭生動矣。

三句以半反問的方式透顯壁上之題字。

四句足成之。

作者之動作有三：一、行盡。二、見：一見畫欄，一見壁字。三、把燈看。二「見」字均省略。

四、醉後題壁

夜寒星斗掛屋椽，我輩把酒不問天。

語聲未怕驚天上，只愁驚起白鷗眠。（卷二，頁73）

首句寫屋外透入之星斗。「掛」字爲句中眼。

次句自寫把酒，「不問天」添趣。

三句緊接二句：不問天，不驚天。

四句一轉，只怕驚及白鷗之好眠。

寫星，寫酒，寫鷗。也寫了自己。

五、沙溪江亭

漁舟竟日不知還，水碓無人也不閒。

斫卻江頭一叢柳，當愁無地著江山。（卷二，頁80）

沙溪，山名，在信州玉山縣西三十里，在閩浙途中，人煙輳集。

首句寫漁舟，旺而不見。

次句寫水碓，見而不聞。

三句斫柳，行動訝人。

四句說明理由，依然詫人。莫非柳之存在，妨礙大好江山之生存權乎！

詩人狡獪，此又一例。

六、雪後晚晴，四山皆青，惟東山全白。

賦最愛東山晴後雪二絕句之一

只知逐勝忽忘寒，小立春風夕照間。

最愛東山晴後雪，軟紅光裏湧銀山。(卷二，頁129)

首句忘寒。

次句春風夕照。

三句引出主體東山，以及晴後雪。

四句軟紅日光，銀色雪山，相映成趣。

逐勝是主旨，小立是動作，最愛是整體感受。

七、同題之二

群山雪不到新晴，多作泥融少作冰。

最愛東山晴後雪，卻愁宜看不宜登。(同上)

首句謂新晴之後，群山之雪皆溶解，故曰「不到」；只有東山是例外，蓋其獨高也。

次句作進一步的詮釋：一半化濕泥，一半作成冰。

三句再申主旨。

四句示憾。

真正寫景，只在前二句，但非後二句，不能成全幅。

八、三江小渡

> 溪水將橋不復回，小舟猶倚短篙開。
>
> 交情得似山溪渡，不管風波去又來。（卷二，頁135）

三江，橫石江水在廬陵縣西北，界吉水，一自儒行鄉大灣來，一自吉水中鵠鄉來，其間有三江橋水，亦經此入贛江。

首句溪水經橋不返。

次句小舟短篙仍開行──「開」字令人聯想花開。

三句借題發揮：山、溪、渡口，交情不淺。

四句再作進一步說明：不管風波，去而復來，年年月月如此。

其實人間萬物，皆應作如是觀：人事不如天然之久長不變。

九、薄晚絕句之二

> 暫出嫌喧可得除？漫遊久廢未全無。
>
> 路逢鹽裏知城近，店有雞聲覺日晡。（卷三，頁137）

卷三之詩，起乾道元年（1165）春，迄乾道二年秋，在吉水守制時作。

首句謂嫌喧譁而無奈，只好暫出。

次句謂久已不作漫遊，但仍偶有一遊。

三句鹽裏，謂運于途中之鹽袋、鹽包。因已近城，故見到不少運送的貨物。

四句謂店家所養之雞，午後慣作一鳴，故知日已至申時（下午三到五點），日將西斜矣。

此詩寫景簡單：鹽裏，雞鳴，日晡。前二句乃開場白，亦造勢也。

十、彥通叔祖約遊雲水寺二首之二

> 竹深草長綠冥冥，有路如無久斷行。
>
> 風亦恐吾愁路遠，殷勤隔雨送鐘聲。（卷三，頁140）

雲水寺，又名雲水院，在吉水縣黃橋鎮一帶。

首句十足寫景：二物——竹、草——合成「綠冥冥」。

次句有路而斷行，故曰「如無」。

三句將風擬人化，善體人意。

四句隔雨送鐘聲，因緊接上句而更生動。

竹、草、路、風、鐘聲，頗爲勻稱。

十一、寄題劉元明環翠閣二首之一

閣在青圍翠繞中，何時我輩略揩筇？

亦聞每處無多子，只有千峰與萬峰。（卷四，頁200）

卷四之詩，起乾道二年（1166），迄乾道三年秋，經潭州赴行在，以除服命爲奉新令，還家待次時作。

環翠閣在吉安府安福縣，宋人劉元明建。

首句寫景浮泛，然亦自成一格。

次句謂何時我們可以暢快一遊。

三句仍是傳聞：此閣少人居住。

四句千峰萬峰固不免誇張，但心嚮往之的熱忱，則一洩無餘。

十二、同題之二

一夜秋聲惱井桐，夢回得句寄西風。

詩成卻問題詩處，正在東山東復東。（卷四，頁201）

此詩純用留白法，並未正面寫照環翠閣。

首句寫家居之秋（風）聲和井桐聲：「惱」字入神。

次句轉來得詩反寄西風（即秋風）。

三句一轉：詩已成了，到底要寄向何方？

四句作答：東山之東之東，此即環翠閣之置也。一口氣用了三個「東」字，不嫌其贅繁，卻造成一種氣勢。

我之秋詩，只有環翠閣配承受！

十三、小雨

雨來細細復疏疏，縱不能多不肯無。

似妒詩人山入眼，千峰故隔一珠簾。（卷四，頁202）

首句寫雨景，全詩只此七字正面寫景。

次句補足之。

三句擬人化，卻充滿想像力。雨妒詩人眼。

四句「千峰」誇張，上承三句「山」字。全句謂故意使千峰隔一道珠簾。細細疏疏之雨，自成一襲珠簾也。

全詩四句，甚爲綿密。

十四、題赤孤同亭館

數菊能令客眼明，三峰端爲此堂橫。

僕夫不敢催儂去，只道長沙尚八程。（卷四，頁203）

赤孤即赤谷水，吉安府安福縣北，源出分宜縣之連嶺。

首句寫菊，未正面描述其姿色，卻以「能令客眼明」暗示之。

次句寫閣外三座山峰，卻因「端爲此堂橫」的擬人化手法而顯得貴重。

後二句謂僕夫知我對此館的鍾情而不敢催我。

四句若謂長沙尚遠，近在眼前之美景方值珍惜。

十五、早行鳴山二首之一

淡淡青霜薄薄冰，曉寒端爲作新晴？

慇勤喚醒梅花睡，枝上春禽一兩聲。（卷四，頁219）

鳴山，廣信府貴溪縣之鎮山，又名自鳴山。山有湖，湖上有藤，上下雲霄。

首句寫霜、冰同時存在之景象：淡淡、薄薄相對成趣。

二句雖用問句（用直述句亦可），卻卓有風致。新晴之日，每有曉寒作先鋒。

三、四句爲倒裝句：三句爲果，四句爲因。

春禽之一二聲，足以喚醒沉睡之梅花，其「殷勤」，豈在聒噪不休耶？

十六、霧中見靈山依約不眞

東來兩眼不曾寒，四顧千峰掠曉鬟，

天欲惱人消幾許，只教和霧看靈山。（卷四，頁221）

首句謂旅途上雙眼看風景，從未冷落。

次句寫即景：四顧諸峰（「千峰」誇飾），「掠曉鬟」者，如清晨之鬢髮也。

三句一轉：轉到老天身上。老天頑皮，要想惱人，所須幾何？

四句直接作答：把霧撒在眼前，遮掩此靈秀之山，便足夠了。

寫山寫霧，卻扯出天公來，妙。

十七、題釣台二絕句之一

斷崖初未有人蹤，只合先生著此中。

漢室也無一抔土，釣台今是幾春風？（卷四，頁224）

桐廬縣富春山脈，嚴陵山，在縣西三十里，前臨大江，上有東西二台，嚴子陵垂釣處，清麗奇絕。

首二句敘述此台之形象及嚴子陵居之恰宜。

三句謂整個大漢帝國今已不見一抔土。

四句謂此釣台依然年年春風。

三句兩句合璧，稱譽嚴光之清高不朽。

政治短暫，人品永恆。

全詩只有「斷崖」二字寫景，卻似勝過千言萬語。

十八、桐廬道中

肩輿坐睡茶力短，野埭無人山路長。

鴉鵲聲歡人不會，枇杷一樹十分黃。（卷四，頁229）

首句直述坐睡於轎子中的情狀；後三字補述原因：先喝了茶提振精神，不料茶力甚短暫，故仍不免昏昏而睡。

二句實寫途中無兵埃，而山路忒漫長。

三句寫出二鳥：一烏鴉一喜鵲，牠們一起歡唱自如，可惜旅人不能共鳴。

四句復補寫一景：枇杷。「一樹」與「十分」似對非對，然為「黃」字添色不少。

全詩有近景有遠景，有聽覺意象，亦有視覺意象。二十八字頗覺豐富。

十九、還家秋夕飲中喜雨

好風有意入金台，白酒無聲落玉杯。

秋雨亦嫌秋熱在，打荷飄竹為人來。（卷四，頁234）

首句寫風。

次句詠酒。金、玉對峙，夾以「白」字，多采多姿。

妙的是三句：秋雨擬人化，秋熱亦擬人化，「亦嫌」，兄弟嫌惡兄弟也。

四句寫秋雨降臨之姿：打荷陽剛，飄竹陰柔，為人是重心。「為」字上應「入」：風雨固一脈相承也。

二十、和李天麟秋懷五絕句之三

小立南溪暮未還，略容老子照衰顏。

頗驚暝色來天外，未必秋聲在樹間。（卷四，頁234）

此詩雖曰「和」詩，自然而無模仿痕。

首句設景並寫出動作。

次句承之：自照溪水。

三句只寫暝色，卻在「來天外」之餘，配上「頗驚」的動詞，增加曲折。

四句亦用相同技倆：「未必」：未必，亦未必不然。秋色在樹間，
乃天經地義之事，若直說便減味了。

二十一、出城途中小憩

> 未到江頭已日斜，山煙白處是人家。
>
> 秋風畢竟無多巧，只把燕支點蓼花。（卷四，頁 236）

首句展示時地景，一氣呵成。

次句補山煙人家。

三句故意一抑，其實是稱許秋風。

四句蓼花點出時令，燕支純寫顏色、景象。

二十二、題劉德夫眞意亭二首之一

> 湖上軒窗岸岸開，誰家不傍讀書台？
>
> 新亭自有人知處，只揀風煙好處來。（卷四，頁 247）

眞意亭不詳，由詩意可知它築在湖心。

首句謂此亭築于湖中，四面軒窗，對四岸而開。

次句似謂此處人家，多有如此亭台，便於讀書也。

三句墊勢。

四句泛寫其風煙瀰漫。

其實四句相較，首句仍推首要。其他三句，皆爲之助勢也。

二十三、題薦福寺

> 千山底裏著樓台，半夜松風萬壑哀。
>
> 曉起巡簷看題壁，雨聲一片隔林來。（卷五，頁 311）

此詩作于乾道六年（1170）春，在吉水家居時。

薦福寺，在泰和縣六十七部，志謂宋咸淳中所建，但誠齋已有此
詠，可見必早于乾道六年。

首句云：四面皆是山，此寺建于山谷中。

次句以松風代全面寫照。「萬壑哀」強對「千山底」。

三句簡述壁上所題詩文，以曉起示時間推移。

四句寫雨聲，亦帶出樹林。

千山、樓台、松風、萬壑、簷、壁、雨聲、林，二十八字已無遺漏矣。

二十四、豫章江皋二絕句之一

　　幸自輕陰好片秋，如何餘熱未全休？

　　大江欲近風先冷，平野無邊草亦愁。（卷五，頁325）

此詩作于乾道六年（1170）秋初。

首句寫初秋輕陰。

次句寫餘熱未休。「幸自」、「如何」，都是綴飾之辭。

三句寫贛江，近之則寒，而風爲先鋒。

四句寫平野遼闊，以草墊底。

四句二十八字，時空俱全矣。

二十五、同題之二

　　只今秋稼滿江郊，猶記春船掠屋茅。

　　可是北風寒入骨，荻花爭作向南梢。（同上）

此詩雖與前詩同題，可是由三句看，似稍晚于前首（「餘熱未全休」）。

此詩補述前詩未瞰及之景。

首句秋稼。

次句春之屋茅，與秋稼恰好對應。

三句北風介入，情境爲之一轉。

四句荻花經風，亦怕，故爭作向南梢。然則荻花亦擬人化。

秋稼、荻花之間，摻入記憶——春船掠屋茅，生動而別致。

二十六、觀陂水

> 波緩漚遲似讓行，忽然赴壑怒還生。
>
> 東歸到底誰先後，何用爭流作許聲！（卷七，頁 432）

此詩作于淳熙四年（1177）夏，家居吉水時。

此詩先緩後急。

首句即將波、漚擬人化，彼此好像和和平平，你讓我，我讓你。

次句突變，彼此怒火十足，爭處山谷。

三句開始大發議論：謂該誰先，該誰後，本無一定之理。

四句斥爭。「作許聲」為之添色。

由描寫而轉議論，亦誠齋慣技之一。

二十七、暮立荷橋

> 欲問紅蕖幾荅開？忽驚浴罷夕陽催。
>
> 也知今夕來差晚，猶勝窮忙不到來。（卷八，頁 452）

首句打破砂鍋問到底，以紅蕖代荷。但卻沒有提供任何答案。

次句「浴罷」描寫夕陽，十分生色，擬人化，使我與夕陽平起平坐。至於夕陽催甚麼？恐怕是催促他乘此我將落未落之際，多欣賞大自然美景吧。

三、四句似屬可有可無的廢話，卻自有其功能：

一、表示自己雖忙猶雅。

二、表示這是他的日課。

三、暗指此荷橋之景色甚美，故天天不可錯過。

二十八、雨後行郡圃

> 雨餘行腳古城隈，為愛危亭首屢回。
>
> 無數菊苗齊老去，多時花徑不曾來。（卷九，頁 495）

此詩作于淳熙五年（1178）春夏間，官常州時作。

首句設定背景：雨餘、城隈。

次句增添一景：危亭。「首屢回」在此生動。

三句一轉：郡圃之菊苗未老先衰。

四句補述：此郡圃，此花徑，我已久未來遊。

第四句力量稍弱。

二十九、曉坐多稼亭

日光烘碎一天雲，散作濛濛霧滿村。

我亦知渠別無事，不教遠岫翠當門。（卷十，頁517）

此詩作于淳熙五年（1178）夏天，官常州時。

首句「烘碎」是句中眼，甚為尖新。原來日光和雲的「關係」可以是這樣。

次句繼蹤之，更添詩意。

有時詩情詩意，乃從詩人的錯覺或故意錯認產生，此一佳例也。

三句之「渠」，應指日光或太陽。

此處說他「別無事」，意即因無聊而作此，非有其他因由。

四句揭出謎底：太陽碎雲成霧，無非是不讓遠山當戶。

讀者至此，乃領略此亭之美景矣。

三十、晚涼散策之二

半點輕風泛柳絲，忽吹荷葉一時欹。

芙蕖好處無人會，最是將開半落時。（卷10，頁519）

此詩亦作于淳熙五年夏。

首句不用「一點」或「一絲」而用「半點」，足見作者匠心。一方面下句有「一時」，若用「一點」便犯重了。

二句荷葉欹，與輕風之輕直接繫連。

三句度出「無人（解）會」，為下句之「最是」作引子。

四句將開未落是全詩龍睛。

二、四句重複一「時」，誠齋作詩，每不忌此。他畢竟不是王安石。

三十一、霜夜無睡，聞畫角孤雁

　　　　畫角聲從枕底鳴，愁霜怨月不堪聽。
　　　　擁紬起坐何人伴？只有殘燈半暈青。（卷4，頁556）

　　此詩作于淳熙五年秋，在常州作官。

　　首句不說「窗外」，而說「枕底」，別具風致，而且更爲眞切。

　　次句擬人化：使霜愁，使月怨。主人公未必看到霜月，但可以直覺感受之。

　　三句以問句描寫其孤眠之狀。

　　四句寫照殘燈：「半暈青」，似與窗外之畫角及霜月遙相呼應矣。

三十二、同題之二

　　　　梅邊玉琯月邊橫，吹落銀河與曉星。
　　　　城裏萬家都睡著，孤鴻叫我起來聽。（同上）

　　此詩雖與上一首同時同題，境界卻較闊大。

　　首句以梅、月烘襯畫角，二「邊」有致。

　　次句把銀河、曉星都吹落了，氣韻自是不凡，但曉星其實亦是銀河的一部分，二者可分可不分。

　　三句一抑，卻是製造有利的氣氛。

　　四句孤鴻即孤雁，二者有別，在詩中可不分別。孤鴻是上詩之所無，以擬人化之姿，叫我起來聽畫角，賞美景。

　　我、畫角、孤鴻，幾乎三位一體矣。

三十三、晴望

　　　　愁於望處一時銷，山亦霜前分外高。
　　　　枸杞一叢渾落盡，只殘紅乳似櫻桃。（卷十，頁557）

　　此詩亦作于同時。

　　因爲秋季，故首句見晴愁銷，非所見之景特美，乃秋晴怡人也。

　　次句山因霜高，甚有情趣。

三句寫枸杞落盡，枸杞可入藥，甚少出於詩人筆下。

四句實爲倒裝句：原來應是「只殘櫻桃似紅乳」，爲平仄及押韻而倒置，卻別有一股風韻，略似老杜秋興中之「紅豆啄餘鸚鵡粒」。

全詩寫山、寫枸杞、寫櫻桃，二揚一抑，效果卓然。

三十四、壕上書事

十里長壕展碧漪，波痕只去不曾歸。

鷺鷥已飽渾無幹，獨立朝陽理雪衣。（卷 11，頁 574）

卷十一之詩，皆作于淳熙五年冬，居官常州時。

首句展示壕姿。

次句補足之。

三句以後專寫鷺鷥，鷺鷥或白鷺，素爲詩人鍾情的題材，不遜于同形的鶴，但鶴較罕見，故白鷺在這方面反占了上風。吃飽沒事幹，可說是鷺鷥的新形象。

四句對朝陽而理雪色白衣，更添鷺鷥之美，「獨立」二字又隱約有力焉。

三十五、苦寒

畏暑長思雪繞身，苦寒卻願柳回春。

晚來斜日無多暖，映著西窗亦可人。（卷 11，頁 578）

首句用以烘托二句。

二句苦寒思春，以柳爲媒。

首二句寫盡一般人的不知足心理。

三句才是實實寫景：斜日有暖而不多。

四句退一步想：映在西窗上，不失爲一種美景。

寫冬日，用雪（虛）、柳（亦虛）爲襯，別是一種作法也。

雖題「苦寒」，卻以「可人」作結，足見誠齋是一位達觀的詩人。

三十六、風急落梅

> 梅花已是不勝癯，無賴東風特地粗。
>
> 狼籍玉英渾不惜，強留嫣蒂與枯鬚。（卷12，頁638）

此為寫景詩，且為戲劇詩，非詠物詩也。

卷十二之詩，皆作于淳熙五年（1178）至次年春，居官常州時。

首句布局並介紹主角。

次句引出配角──無賴的東風來，而且以「粗」字形容之，與梅花之「癯」恰成強烈對比。

三句花已成狼籍玉英，而東風全不知憐香惜玉。「惜」上應「粗」。

四句強留嫣蒂、枯鬚，仍一貫其粗魯作風也。

此詩可以用寓言劇方式演出。

三十七、晚晴

> 風吹點滴曉檐聲，雲放朦朧晚日明。
>
> 楊柳染絲才喜雨，梅花泣玉卻祈晴。（同上）

首句風、雨、檐。

次句雲、晚日。

三句楊柳、雨。

四句梅花、雨。（泣玉亦雨也）。

大自然的變化萬萬千千，詩人卻只把握住一些要點，作揮灑式的抒寫。

楊柳染絲，應是為雨所染。

三十八、雨中遠望惠山

> 準擬歸時到未遲，歸到不到悔來時。
>
> 惠山不識空歸去，枉與常州作住持。（卷13，頁646）

此詩作于淳熙六年（1179）春，自常州歸至上饒途中作，下同。

首句謂早已擬定歸時要參見惠山，此番到此，未為遲也。

次句謂若歸時不到此，會後悔不已。

二句爲全詩布局，可惜後二句未能進一步推展。

三四句仍作擬設語：若不識惠山，空眼歸去，則枉爲常州作了三年官長矣。

全詩用留白法寫照惠山之佳妙。

同題之二有「不是惠山看不見，只教遙見不教登。」補述了望惠山不能登的緣由，想當是交通工具不足也。

三十九、過蘇巖

　　　仰望蒼巖高更深，巖中佳處著禪林。
　　　瓊泉萬仞峰頭落，一滴泉聲一醒心。（卷 13，頁 683）

蘇巖，疑即竹巖，在永豐縣東北。

首句以「仰望」、「高更深」泛寫此巖。

次句添一禪寺。

三句寫山上瀑泉。

四句寫瀑之醒神。

此詩可謂聲色俱王。

四十、過顯濟廟前石磯竹枝詞

　　　石磯作意惱舟人，束起波濤遣怒奔。
　　　撐折萬篙渾不住，石磯贏得萬餘痕。（卷 16，頁 817）

此詩作于淳熙八年（1181）春夏間。

首句破題平穩。

次句擬人化，「束起」、「遣」俱有力，寫波濤怒奔如畫。

三句誇張而若眞實。

四句收得風雅：「贏得萬餘痕」。誠齋每不嫌前後重複主語，此又一例。

四十一、同題之二

　　　　大磯愁似小磯愁，篙稍寬時船即流。
　　　　撐得篙頭都是血，一磯又復在前頭。(同上)

　　首句在大磯小磯之間墊一似字甚妙。

　　二句實寫，非眞見者不能得知也。「流」者，漫流失控也。

　　三句更眞實。

　　四句似緩實緊。

四十二、早期紫宸殿賀雪，呈尤延之

　　　　雪花將瑞獻君王，晴早銷遲戀建章。
　　　　不肯獨清須帶月，猶嫌未冷更吹霜。(卷 19，頁 984)

　　此詩作于淳熙十二年（1185）冬，居行在作。

　　首句平實破題。

　　次句半重複首句，然「晴早銷遲」四字可圈可點。

　　三句充分展示擬人法之妙用，「不肯」、「須帶」，增添不少雪的風
致。

　　四句又吹霜。月、雪、霜三位一體矣。

四十三、秋山

　　　　梧葉新黃柿葉紅，更兼烏血與丹楓。
　　　　只有山色秋蕭索，繡出西湖三四峰。(卷 20，頁 1055)

　　此詩作于淳熙十三年（1185）秋，居行在時。

　　首句用二葉，中加一新字，新字公用。

　　次句又出二葉，顏色繽紛。

　　三句一轉，反襯出蕭索的山色來。

　　四句妙解：蕭索山色上，居然可以「繡」出西湖之三四座山峰來！
擬人而不易察覺。

四十四、寄題俞叔奇國博郎中園亭二十六詠：磬湖

　　　　洞庭張樂起天風，玉磬吹來墮圃中。

　　　　卻被仙人鎔作水，爲君到底寫秋空。（卷21，頁1064）

此詩作于淳熙十三年（1186）冬，居官行在時。

首句以洞庭作比，自是誇飾。

二句因形命名，故曰玉磬墮圃中。

三句無中生有，順水推舟：磬鎔爲水。

四句尤寓詩意：磬水揮寫秋空。

四十五、同題：釣磯

　　　　烏龍灘下白雲堆，上有狂奴舊釣台。

　　　　一夕被君偷取去，至今猶帶漢莓苔。（同上）

此詩吟烏龍灘之釣磯，首句卻以白雲堆作對，甚雅緻。

次句以嚴光爲狂奴，或非貶意。

三句想像自在。

四句以漢莓苔足成之。

只寫白雲、莓苔，足矣。

四十六、同題：蘆葦林

　　　　春有兒孫夏有朋，月中寒影雨中聲。

　　　　臘晴銷盡一園雪，爲底林間雪不晴？（同上）

首句以四季親友佈局。

次句以月影雨聲助勢。

三句切到題上，園雪已銷。

四句更入題中：林雪未銷。

蘆葦二字，隱藏在月影雨聲中。

四十七、同題：柳堤

> 柳下湖光淨一天，湖邊垂柳起三眠。
>
> 小蠻自知腰支裊，照鏡梳頭曉月前。（卷21，頁1067）

首句詠湖光水色。

次句詠柳，三眠，蓋晨午夜也。

三句小蠻用白居易侍妾典，柳腰裊裊，正好互相對喻。

四句乃無中生有，或說有中生有：想像小蠻在此照鏡梳頭。

人也柳也，古也今也，合而為一。

四十八、同題：水簾

> 秧疇水落苻渠尖，玉石當中碧一盦。
>
> 石面平鋪波面皺，千花織出水精簾。（同上）

首句寫稻田水落，由苻渠尖滴下。

次句正寫此景：群玉中一碧盦。妙喻。

三句分寫石面、波面，成一對比。

四句之千花，疑指水花；或四週有花，反映水中光。

此詩二十八字，每句寫一景象，或主角或配角，綴合成佳詩。

以上五詩，皆俞氏在家鄉義烏所佈設之美景。

四十九、走筆和張功父玉照堂十絕句之五

> 紅紅紫紫儘絚絚，韻處終輸庾嶺君。
>
> 未說玉花冰雪骨，新陰先綠半春雲。（卷21）

此詩作于淳熙十四年（1187）正月，居官行在時。

張功父居所有六，北園其一也，玉照堂在北園，植梅花四百株。

首句泛寫梅花的顏色，或亦兼及他花。

次句謂不如功父園中所栽。

三句著重在玉花及冰雪骨，指白梅也。

四句謂梅枝與春雲合一。

十絕句可以此爲代表作。

五十、晴後再雪之三

　　天上瓊樓萬玉妃，月宮學舞試雲衣。

　　霓裳未徹天風起，腦子花鈿星散飛。（卷 21，頁 1095）

此詩作于淳熙十三年（1186）冬，居官行在時。

首句想像力豐富，「萬玉妃」在瓊樓中。

次句繼之：月宮即瓊樓，試舞穿雲衣，完足了上一句的設想。

三句承而轉：霓裳羽衣舞尚未學好，天上大風便刮起來了。

四句謂滿頭釵鈿都被吹刮得四面分散飄墜。

這是一首近乎完美的喻體詩。

五十一、晴後再雪

　　辛自晴光雪半開，誰將泥腳涴瓊瑰？

　　水仙上訴姮娥泣，再遣天花散一回。（卷 21，頁 1095）

首句破題稱職。

次句寫泥雪混溶。

三句巧想：水仙沾泥，泣訴嫦娥仙子。

四句嫦娥慈心大發，再散天花，詮釋了後半題意。

由晴光到天花，一以貫之。

此詩作于淳熙十四年（1187）春。

五十二、雨中遣悶

　　船篷深閉膝難安，四面千峰不得看。

　　莫厭霏微悶人雨，插秧怕熱愛輕寒。（卷 24，頁 1249）

此詩作于淳熙十五年（1188）春，在返吉水途中。

首句說明在船中。

次句緊接前句，不能看山。

三句突地一轉：由厭雨到不厭雨，但只是建議性質的，因為「雨」上仍有「悶人」一語。

四句說出理由：農家插秧時怕熱，有雨方能微涼。

此詩寫景而發民胞物與之思。

五十三、煙林曉望

一疊青松一疊煙，橫鋪平野有無間。

真成萬丈鵝溪絹，畫出江西秋曉山。（卷26，頁1332）

此詩作于淳熙十六年（1189）秋，下一首同。自隆興府至行在途中。

首句用「一疊」描述青松，與下面「一疊煙」對稱，頗為別致。

次句「有無間」入神。

三句鵝溪絹，杜詩有「為愛鵝溪白繭光。」四川果閬二州絹長五十尺，重一斤，其色目鮮白，此以喻一疊煙。

四句以絹畫山，蓋行在青松與煙之間也。

五十四、同題之二

也沒炊煙也沒雲，日光烘起楚山氛。

卻將重碧施輕素，不見天工一筆痕。（同上）

首句寫淨空，與上詩不同。

次句只見日光與楚山。

三句淡描重碧輕素。謂山景若畫也。

四句謂天工不似人工，不落一絲痕跡。

五十五、竹林

珍重人家愛竹林，織籬辛苦護寒青。

那知竹性元薄相？須要穿來籬外生。（卷29，頁1478）

此詩作于紹熙元年（1190）正月，送金使赴淮時。

首句其實只說「愛竹林」三字，上四字純乃衍飾。

二句寒青卻指竹林，圍籬護竹也。

三句一轉，謂竹性輕佻。

四句一合：竹願穿透籬笆，向外生長。

如此詠竹，可謂破天荒矣。

五十六、小舟

　　竪起青篙便是桅，片帆掛了即帆開。

　　漁郎袖手船頭坐，一葉如飛不用催。（卷 39，頁 1500）

此詩作于同時。

首句巧說。

次句正述。

三句姿態美妙。

四句飄逸灑脫。

二十八字，是至上美景，不可多言說。

五十七、圩田

　　週遭圩岸繚金城，一眼圩田翠不分。

　　行到秋苗初熟處，翠茵錦上織黃雲。（卷 32，頁 1634）

圩田，廢湖為田。

金城在建康城東二十五里，今上元縣金陵鄉。

首句示知圩田之地址。

二句泛寫圩田之景致。

三句並示時間及稻熟情況。

四句寫景，以二色相配，並以織錦相喻。

此詩作于紹熙二年（一一九一）秋，行部經池州、太平州入宣州途中。

五十八、同題之二

古今圩岸護隄防，岸岸行行種綠楊。

歲久樹根無寸土，綠楊走入水中央。（同上）

首句泛寫圩田之用。

次句示知綠楊遍植。行行之行本應讀ㄏㄤˊ，但若錯讀作ㄒㄧㄥˊ，別有一種意致。

三句實寫，令人驚訝。

四句似幻似真。「走入」二字入神。

五十九、松關

竹林行盡到松關，分付雙松為把門。

若教俗人來一箇，罰渠老瓦十分盆。（卷36，頁1644）

此詩作于紹熙三年（1192）秋，西歸時。

松關為地名，在江西省。

首句寫實。

次句擬人化，吩咐得妙。

三句佈設局面。

四句由轉而合：要罰雙松貶入老瓦盆中，作一二盆栽。「十分」夠味。

六十、積雨小霽

雨足山雲半欲開，新秧猶待小暄催。

一雙百舌花梢語，四顧無人忽下來。（卷37，頁1937）

此詩作于慶元二年（1196）春，吉水家居時。

首句行雲半開，加「欲」字更有意思。

次句新秧待晴。

三句百舌鳥在花梢私語，好一幅春天畫圖。

四句因四顧無人而飛下來，更添韻致。

雨、雲、秧、暄、百舌、花、（無）人。串連得甚是巧妙。

六十一、寄題荊撫幹胡仲方台廨信美樓

大資孫子大參孫，磊塊胸中萬卷橫。
樓上已堆千古恨，晚潮更作斷腸聲。（卷 39，頁 2054）

胡榘字仲方，胡銓之孫，爲江西憲，有清望，後爲工部尙書。

信美樓爲其在江陵之官舍。

此詩約作于慶元六年（1200）。吉水家居時。

首句謂仲方乃胡銓之孫。

次句誇獎他博學有大志。

三句詠樓，堆恨者，憾不能返鄉也。「千古恨」自屬誇飾。

四句寫晚潮。「斷腸聲」恰恰與「千古恨」相對仗，相輔弼。

此詩多虛寫，但樓姿儼然已見於目前。

六十二、南溪薄晚觀水

誰將沙礫壅隄斜？水怒衝隄自決沙。
無數小魚齊亂跳，琉璃盤底簸銀花。（卷 40，頁 2116）

此詩約作于嘉泰二年（1202）春。家居吉水時。

首句寫沙壅斜堤，後二字倒裝。

次句作答。

三句詠魚。

四句用巧喻寫魚與水，以銀花喻小魚，甚爲巧緻。

六十三、題朱伯勤千峰紫翠樓之二

一色千峰翠作圍，忽然全換紫綃衣。
客來欲織樓中景，祇等金鴉浴海時。（卷 42，頁 2224）

此詩作于開禧二年（1206）春夏間。居吉水時。

紫翠樓在建昌縣東。

首句氣象萬千。

次句聲勢不減。由翠而紫，由圍而衣。

三句一抑。

四句再揚。金鴉，落日也。謂此樓最佳景象，為落日浴海之際。

以上六十三詩，寫景之範圍甚廣，有五特色。

　　一、以江西省故鄉一帶為大宗。

　　二、寫景虛實兼顧。

　　三、善用比喻。

　　四、善用擬人法。

　　五、多為中品、中上品之作。

肆、節令

一、立春日有懷二首之一

　　飄蓬敢恨一年遲，客裏春光也自宜。

　　白玉青絲那得說，一杯咽下少陵詩。(卷一，頁28)

　　卷一之詩，起紹興三十二年（1162），迄隆興元年（1163）夏，任零陵縣丞及任滿歸吉水作。

　　首句謂己身猶如飄蓬，隨風而動一切不由自主，如何敢憾恨新的一年來遲。

　　次句緊接首句，說春光宜人。既不恨，便自喜。

　　三句白玉者，綺年玉貌也，時誠齋才二十六歲；青絲如之。此際的一切，不可多說也。

　　四句謂一面飲酒，一面吟杜詩。立春之日，詩人自詠其詩酒風流，誰曰不宜！

二、同題之二

　　玉堂著句轉春風，諸老從前亦寓忠。

　　誰爲君王供帖子？丁寧綺語不須工。(同上)

　　周輝《清波雜志》卷 10〈春帖子〉：「翰林書待詔請春詞，以立春日貼於禁中門帳。……春、端帖子，不特詠景物以爲觀美，歐陽文

忠公嘗寓規諷其間，蘇東坡亦然。……自政宣以後，第形容太平盛事，語言工麗以相誇，殆若唐人宮詞耳。」

首句「轉春風」，便是「語言工麗」、「殆若宮詞」之意。

次句指歐、蘇寓規諷于其間。

三句一承一轉。

四句表示誠齋的心意。

此詩抑揚頓挫，安排甚妥貼。

三、初寒

欲雨還晴又作陰，添衣已減卻重尋。

絕知早晚新寒到，更用先來破客心。（卷二，頁80）

卷二之詩，起隆興元年（1163）秋，迄乾道元年（1164）春，赴調至行在及歸吉水作。

首句寫秋冬之際氣候變化之頻繁。

次句寫人應氣候變化而添衣減衣再添衣。

三句謂確知新寒已到。

四句謂客心因而先破，悟覺天人之變。

四、閑居，初夏午睡起二絕句之一

梅子留酸軟齒牙，芭蕉分綠與窗紗。

日常睡起無情思，閑看兒童捉柳花。（卷三，頁189）

卷三之詩，起乾道元年（1165）春，迄乾道二年秋，在吉水丁憂時作。

首句寫梅留酸。

次句詠芭蕉分綠，「分」字入神，且與上句之「留」恰成一對。

三句寫百無聊賴之狀。人在初夏午後，每有此種情況。

四句寫看童子撲捉柳絮。

表面看來，只是生活小詠，但葉寘《愛日齋叢鈔》卷三云：「得非點閱世變，中有感傷？」可備一說。

五、同題之二

> 松陰一架半弓苔，偶欲看書又懶開。
> 戲掬清泉灑蕉葉，兒童誤認雨聲來。(同上，頁 190)

首句「半弓苔」之「弓」生動異常。

次句平實，如見其人。

三句動作清婉輕盈。

四句又是兒童作配角。兒童者，子女也。

松、苔、泉、芭蕉葉，組成一畫，又配以不開之書、誤認之童，非實有之雨，煞是熱鬧。

六、秋夜不寐

> 秋氣侵人冷欲冰，不由老境不愁生。
> 雨聲已遣儂無睡，更著寒蛩泣到明。(卷三，頁 193)

首句寫秋夜感覺。

次句謂己未老，故不愁。

三句直抒切題。

四句又以寒蛩助陣。「泣到明」有力：寒蛩之鳴，非泣而似泣，此所以為詩。

冷、雨、蛩聲，構成此一秋夜。

七、秋夜

> 挑落寒燈一點青，方知斜月半窗明。
> 無端一陣秋聲起，喚作銅瓶蟹眼鳴。(卷四，頁 197)

卷四之詩，起乾道二年（1166），迄乾道三年秋，經潭州赴行在，以除服命為奉新令，還家從次作。

首句挑燈滅火。

次句見明月。二句互輔互依。

三句秋聲起。

四句恍若銅瓶蟹眼之鳴，似涉誇張。

先二句視覺形象，後二句聽覺形象，以此合成秋夜感覺。

八、丁亥正月新晴晚步二首之一

嫩水春來別樣光，草芽綠甚卻成黃。

東風似與行人便，吹盡寒雲放夕陽。(卷四，頁217)

丁亥，乾道三年（1167）。

首句「嫩水」甚別致。「別樣光」亦好。

次句草芽由綠而黃，亦恰符大自然律則。

三句一轉，迎出東風來，且加以擬人化。

四句再轉，放出夕陽來。三、四句更有因果關係。

水、光、草、風、雲、夕陽，好一幅天然美景！

九、同題之二

急下柴車蹋晚晴，青鞋步步有沙聲。

忽逢野沼無人處，兩鴨浮沉最眼明。(卷四，頁217)

首句平實。

次句繼踵。以沙聲上應「蹋」、「步步」。

三句轉出野沼來。

四句詠二鴨，以「最眼明」收結。

「晚晴」與「眼明」，一始一終，互相呼應。

十、上元日晚過順溪

恰恰元宵雨腳垂，天公為我掃除之。

怪來平地寒如許，雪滿遠峰人未知。(卷四，頁222)

順溪，在衢州。

首句切題而抒。

次句借雨勢曰天公掃除大地。

三句訝平地之寒。

四句詠遠行之雪。

「人未知」，而我猶知之。

如此過元宵節，亦云雅矣。

十一、除夕前一日絕句

　　雪留野嶺半尖白，雲漏斜陽一線黃。

　　天肯放晴差易耳，慇勤剩覓幾朝霜。（卷五，頁277）

　　卷五之詩，起乾道三年（1167）冬，迄乾道六年春，在吉水家居時作。

　　首句詠山上雪。

　　次句寫雲和夕陽。

　　三句由二句引申而來。

　　四句寫霜，恍若與首句呼應。「剩覓」入神。

　　可惜未將年節氣氛勻入。

十二、休日晚步二絕之一

　　未須急訪社中狂，且到西園探海棠。

　　今歲行春雖較晚，也勝雨裏度春光。（卷五，頁279）

　　首句說春日休假（宋代有休假之制），不訪諸狂友。

　　次句詠探海棠，自是雅事。

　　三句春晚。

　　四句無雨。

　　春休漫步，直寫自見情趣。

十三、同題之二

　　晚雲欲雨又還晴，天借吾人作此行。

　　莫道行春無去處，行縢香裏聽溪聲。（卷五，頁279）

首句詠春日雨雨晴晴之狀。

次句順勢而下，歸之於天意。

三句略微一抑。

四句以山礬香爲核心，以溪聲爲輔。至此，視聽嗅三覺俱全矣。

十四、夏夜追涼

夜熱依然午熱同，開門小立月明中。

竹深樹密蟲鳴處，時有微涼不是風。（卷五，頁288）

首句部分倒裝，原應爲「夜熱依然同（於）午熱」。其實就吾人經驗看，此係誇飾句。

二句與首句有因果關係。

三句終於說出夜熱不似午熱處：竹樹深密，蟲鳴唧唧，本身便是涼意。

四句完足此意。

十五、暑雨後散策

溪南稻紫似溪北，雨後山背非雨前。

芒屨泥深涼不淺，今年六月箇般天！（同上）

首句稻紫即稻子，並非紫色之稻也。溪南溪北連綿一大片稻子。

次句詠雨之前後山青之異色。

三句寫散策之況。

四句總縮全局。

十六、夏月頻雨

一番暑雨一番涼，眞箇令人愛日長。

隔水風來知有意，爲吹十里稻花香。（卷五，頁289）

首句切題而抒。

次句順流而下。

三句把風擬人化，更添情致。

四句「吹」字爽神，又用嗅覺意象收拾全局。

十七、新秋盛熱

度夏今年未覺難，那知秋熱政無端。

晚林不動蟬聲苦，蟬亦無風可得餐。(同上)

首句設局。

次句破題。秋老虎可畏也。

三句引出秋客知了來。擬人化：聲苦心亦苦。晚林不動說無風也。

四句終於忍不住，實詠無風尤熱。蟬以露水爲餐食，此處卻說牠無風可餐，正是詩人狡獪。

十八、初秋暮雨

禾穗輕黃尚淺青，村舂已報隔林聲。

忽驚暮色翻成曉，仰見雙虹雨外明。(卷五，頁 290)

首句詠禾穗半青半黃，將熟未熟時。

次句以隔林村舂聲陪襯之。

三句切題，「翻成曉」令人乍一驚詫。

四句說出原委，雨外乍現雙虹也。

此詩恰好和上一首呈一對比。

十九、立秋後一日雨，天欲暮，小立問月亭

雨後林中別樣涼，意行幽徑不知長。

風蟬幸自無星事，強爲閑人報夕陽。(卷六，頁 318)

六卷之詩，起乾道六年（1170）夏，迄淳熙二年（1175）春，知奉新縣，召除國子博士，遷太常博士，太常丞及將作少監，補外歸吉水待次時作。

問月亭，奉新縣圃舊有承清亭，疑即此亭。

首句破題。

次句續之。「意行」者，有意行走也。

三句巧說，將蟬擬人。「無星事」，星未見也。

四句「強爲閑人」，無中生有好。「報夕陽」，爲夕陽助興也。

二十、南溪山居，秋日睡起

　　客至從嗔不著冠，起來信手攬書看。

　　小蜂得計欺儂睡，偷飲晴窗硯滴乾。（卷六，頁373）

南溪在吉水縣。

首句謂生活蕭散，在家不戴冠，客來任其嗔怪。

次句隨意讀書。

三句一轉，把鏡頭轉向小蜂，「欺儂」懸疑。

四句豁然：偷喝硯中餘汁也。

然則秋日好風光，蜂亦雅士矣。

二十一、秋暑二首之一

　　一年強半走塵埃，觸熱還山亦快哉！

　　幸自西風歸較早，卻教秋暑伴將來。（卷六，頁274）

首句佈局。

次句詠還山，痛快。但有「觸熱」爲之媒介。

三句一轉：西風早歸。

四句又一抑：秋暑伴來。

抑揚頓挫，配合了秋的旋律。

二十二、同題之二

　　追涼能到竹溪無？隔水斜陽未肯晴。

　　剩暑不蒙蕉扇扇，細雲聊倩月梳梳。（同上）

首句用問句側顯「秋暑」。

次句詠斜陽助陣。

三句無蕉扇。

四句有月梳。

後二句一實一半虛，但都以名詞、動詞疊用，甚為鮮新。

二十三、感秋

舊不悲秋只愛秋，風中吹笛月中樓。

如今秋色渾如舊，欲不悲秋不自由。（同上）

首句破題，兩面俱到。

次句憶舊日愛秋光景，一聲一色。

三句一抑似揚。

四句切入主旨，謂身不由己也。

二十四、二月望日

海棠著意喚詩愁，桃李才開又落休。

小雨輕風春一半，去年今日在嚴州。（卷六，頁383）

首句海棠，身價不凡。

次句桃李，助勢而已。

三句春一半，是實寫亦象徵。

四句忽憶去年春景春情，然在嚴州，時地均異，以此添趣。

二十五、春寒絕句

幾絲微雨噢前山，半點輕寒健牡丹。

只道一春晴較少，到他晴了是春殘。（卷七，頁438）

卷七之詩，起淳熙二年（1175）夏，迄淳熙四年夏，待次常州、家居吉水作。

首句「噢」字醒神，猶言餵也。微雨、前山均擬人化矣。

次句「健」字亦入神。輕寒可使牡丹更健美！

三句實寫，但加一「只道」，便添不少風味。

四句收結：春晴而春已殘。這是典型江南風光。

二十六、晚春即事二絕之一

尺許新條長杏栽，丈餘斑筍出牆隈。

浪愁草草酴醾過，不道婷婷芍藥來。（卷七，頁 438）

首句句法奇特：長杏栽此，展尺許新條，併成七字，乃似倒裝非
倒裝。

次句順勢不拗。

三句以「草草」描寫酴醾，妙，復加「浪愁」於上，令人菀爾。

四句以婷婷寫芍藥，佳，復以「不道」為冠。不道，不曾料到也。

二十七、同題之二

樹頭吹得葉冥冥，三日顛風不小停。

只是向來枯樹子，知他那得許多青？（卷七，頁 439）

首句風吹樹葉，以「冥冥」形容之，甚奇。

次句不但明示「三日」之久，且以「顛風形容」風，下復加「不
停」以助勢。

三句似轉實承。向來枯。直接與首句對擎。

四句「知他那得」與「向來」相應。「許多青」與「枯樹子」對應。
寫葉不寫花，亦可視作晚春殊景。

二十八、秋涼晚步

秋氣堪悲未必然，輕寒政是可人天。

綠池落盡紅渠卻，荷葉猶開最小錢。（卷八，頁 453）

此詩作于淳熙四年（1177）秋，知常州時。

首句一波三折：先說秋氣，再示堪悲，忽一轉又謂「未必然」。
詩人感思變化既多又速。

次句落實首句：輕寒切題，「可人天」寫出晚步之背景及心情。

三句寫池塘風景，其實只是荷花落盡，卻在「落盡」後度出一「卻」字來，妙。

四句詠荷葉小小田田。

切秋風光如此。

二十九、毗陵郡齋冬至晴寒

　　竹屋消殘半瓦霜，冰河凍裂一漁船。

　　不須宮綫量曦影，化日今年特地長。（同上）

此詩作于淳熙四年冬，十一月二十四冬至，在常州任上。

首句寫竹屋詠殘霜，令人如見其形。

次句移動鏡頭，寫河中之船，「凍裂」比「消殘」更有力。

三句不必量日影。

四句明示今年冬至日晝特別長。

三十、寒食，相將諸子遊翟園，得十詩之二

　　鹿蔥舊種菊新栽，幽徑深行忘卻回。

　　忽有野香尋不得，蘭於石背一花開。（卷九，頁487）

此詩作于淳熙五年（1178）夏初。知常州時。

鹿蔥，石蒜科，多年生草本，地下有鱗莖，圓而大，外皮黑色，春日葉自鱗莖萌出，狹而長，淡綠色。

首句拈出二植物，一草一花。

次句切題中之「遊」。

三句示香，嗅覺意象。

四句展蘭，石後一株，更添意致。

以兩物襯一物。

三十一、秋暑之三

　　半柳斜陽半柳陰，一蟬飛去一蟬吟。

　　岸巾亭子鉤欄角，送眼江村松樹林。（卷十，頁 520）

　　此詩作于淳熙五年（1178）秋，居官常州時。

　　首句實寫柳日之景。

　　次句寫二蟬（或多蟬）飛吟之態。

　　三句以「岸巾」比喻亭子，巧。

　　四句慕對岸之松樹林：多少涼意！

　　暑氣盡在不言中。

三十二、春陰

　　春晴幸好卻春陰，雲意涔涔半欲霖。

　　日色忽開雲又合，急收醉影一簾金。（卷 12，頁 625）

　　此詩作于淳熙六年（1179）春，在常州。

　　首句由晴及陰，先說「好」，後只說「卻」。

　　二句詠雨意，未下。

　　三句寫天候變化，與首句呼應。

　　四句妙在收回碎影，竟成一簾金（色）。

　　四句各有一境。

三十三、三月二十七日送春絕句

　　只餘三日便清和，儘放春光莫恨他。

　　落盡千花飛盡絮，留春肯住欲如何？（卷 13，頁 671）

　　此詩作于淳熙六年（1179）春，自常州歸至上饒縣途中。

　　首句清和，指夏日。

　　次句豁達：春既欲去，不必強留，亦不恨它。

　　三句實寫：千花皆落，柳絮飄綿。此乃標準的暮春光景。

　　四句一頓一挫：第一節是我欲留春，第二節是春若肯留，第三節

是則又如何？

　　四句與次句密合無隙。

三十四、秋熱

　　多難幽懷慘不舒，秋風殘暑掃難除。

　　一生最怕西窗日，長是酴醾架子疏。（卷14，頁700）

此詩作于淳熙六年（1179）秋天，自南康歸，居家吉水時。

首句謂己遭遇不好，心情不佳。

次句切題，「秋風」擬人化。

三句似轉實承：怕秋初西窗之日，是熱久不散之徵。

四句不怪日頭，反怪酴醾架子上花葉太稀疏，遮不住西窗之日。

寫秋熱而驅遣酴醾，亦巧思也。

三十五、端午後頓熱

　　只今新暑已歇然，作麼禁當六月天？

　　飛上風前最涼處，年年輸與柳梢蟬。（卷15，頁784）

此詩作于淳熙七年（1180）夏，居廣州任上時。

首句謂今年四月已熱。

次句謂五、六月更酷熱不可當。

三句、四句乃倒裝。

三句謂（蟬）能飛上最高最涼處。

四句明說蟬已在柳梢頭，且表羨慕之意。

上首怨酴醾，此詩慕蟬，同是一妙。

三十六、二月將半，寒暄不常

　　南中冷暖直難齊，一日之間具四時。

　　脫了又添添又脫，寒衣暑服鎮相隨。（卷16，頁802）

此詩作于淳熙八年（1181）春，廣州任上。

首句實寫：廣東乃亞熱帶天氣。

次句加強之。一日而四季，吾人亦常領受。

三句口語化，亦生活化。

四句增益二、三句之句意。

四句之寒暑，即首句之冷暖。

三十七、初十日早炊蕉步，得家書並家釀之二

年年自漉雪前醅，今歲無緣得一杯。

政是荒村愁絕處，家中送得六尊來。（卷18，頁910）

此作于淳熙九年（1182）春，班師廣州續歸憲治時。

首句自述年年在家鄉自醅春酒。

次句反訴今年人在外，無緣爲之。

三句自稱身在南方荒村（其實廣州未必荒），心情低落。

四句直抒題意。喜出望外之情，讀者自不難領會。

三十八、問春

今歲春歸不小心，合將消息報園林。

蘇公堤上千株柳，二月猶慳半縷金。（卷23，頁1207）

此詩作于淳熙十五年（1188）春，自左司郎中遷秘書少監，居官行在時。

首句「不小心」，甚爲口語化，與今人語言雷同。

次句「合」者，應該做而未做也。

三句詠及蘇堤千柳。

四句謂柳條未充分萌發也。

三十九、同題之二

元日春回不道遲，匆匆未遣萬花知。

道山堂下紅梅樹，速借晴光染一枝。（同上）

首句元日春回，不遲，或猶稍早。

次句與上詩之二句意同，「匆匆」有味。

三句道山堂亦在西湖。

四句借晴染枝，妙想入神。

題曰問春，實為迎春。

四十、郡圃上巳

> 旋收雨夕放晴晨，禊日風光正可人。
>
> 問白參紅方是錦，疏桃散李不成春。（卷 25，頁 1283）

此詩作于淳熙十六年（1189）春。

首句詠暮春天氣，雨雨晴晴。

次句謂上巳（或三月三日）修禊，最宜此種氣候。

三句謂各種紅白花朵繁開如一片錦繡。

四句謂零散的桃李不足道也。

李、桃為春光之主，但誠齋希罕的是更繁華的人間景象。

四十一、送殘秋

> 余七月間在高安郡治，一夕夢至修門外，宿留旅邸。問逆
> 旅主人地名為何，答曰：「送殘秋。」莫曉其意，八月十二
> 日拜召命，是日啓行。九月十二日入修門，寓仙林寺。至
> 十月三日奏事選德殿，竟送殘秋云。
>
> 夢游帝里送殘秋，重九真為帝里游。
>
> 十月初頭方賜對，癡兒枉卻一生愁。（卷 26，頁 1733）

此詩作于淳熙十六年（1189）秋，自隆興府至行在途中。

首句追述夢情。

次句實述赴行在事。

三句仍述事實。

四句自痴自解。

此詩以一夢為主軸，於節候景物相對疏略。

四十二、舟中元夕雨作

　　　道是今宵好上元，新晴白晝雨黃昏。

　　　江燈皎月儂無用，關上船門倒一尊。（卷29，頁1496）

　　此詩作于紹熙元年（1190）正月，送金使赴淮時。

　　首句確切標明時間。

　　次句實寫晝晴黃昏雨。

　　三句詠上元佳景，上有皎月，下有紅燈，甚為熱鬧。

　　四句誠齋自避繁華，閉舟自酌。

　　這是平易的生活詩。

四十三、壬子正月四日，後圃行散之一

　　　淡日微舒又急收，兜羅綿隔紫燈毬。

　　　更時數點無聲雨，不濕人衣卻濕頭。（卷33，頁1714）

　　此詩作于紹熙三年（1192）正月，行都，自宣州經他州、太平州
歸建康時。

　　首句寫淡日行蹤，冬陽固多如是也。

　　次句兜羅衣厚，紫燈毬亮。

　　三句一轉，由陽而陰雨。

　　四句不濕人衣濕人頭，謂雨小也，上應「數點無聲雨」。

四十四、同題之二

　　　勃姑偶下小梅枝，要看渠儂褐錦衣。

　　　柱後藏身教不見，卻因不見轉驚飛。（同上）

　　勃姑，即祝鳩，亦作鵓鳩。即布穀鳥。

　　首句實寫。

　　次句展示布穀的錦衣。

　　三句藏身柱後，有意不見人。

　　四句又一轉：卻因而轉成驚飛之態。

　　寫物細膩。

四十五、同題之三

雙鵲營巢浪苦辛，揀條銜折不辭頻。

舊條老硬新條靭，卻向籬根拾落薪。（同上）

首句拈主角，直誇其辛苦。

次句露出辛苦工作之內容。

三句仔細辨察。

四句補遺。

二、三、四句合而為一。

此詩又見誠齋觀察力之細膩。

四十六、同題之四

傳語春光恰好穠，太穠恐怕惱衰翁。

日華五色無尋處，只在蜘蛛來去中。（同上）

首句展示大師風範及其人生觀：萬物不必穠，春光尤然。

次句正面說明原委。

三句正面抒寫此時之春光，淡若不見。

四句日光只在蛛絲一閃間。

全詩淡趣十足。

四十七、三月晦日

春光九十更三旬，暗準三旬賺殺人。

未到曉鐘君莫喜，暮鐘聲裏已無春。（卷35，頁1824）

此詩作于紹熙四年（1194）春，自鄱陽歸建康，並得郡西歸。

首句謂春天本有九十天，現在是最後暮春。

次句謂此三旬之末折煞人。

三句謂春已盡，不必求明日曉鐘，今天的暮鐘中已洩盡春氛。

四十八、癸丑正月新開東園

長懷無錢買好園，好園還在屋東邊。

週遭旋闢三三徑，只怕芒鞋卻費錢。（卷36，頁1843）

這是紹熙四年（1193）春所作，在吉水。

首句平易切題。

次句明示「東園」之址。

三句略寫新園結構。

四句怕芒鞋費錢，蓋暗示此園甚大也。

四十九、同子文、材翁、子直、蕭巨濟中元夜東園望月

雜碎輕雲白錦鱗，十分圓月濕銀盆。

錦鱗散盡銀盆在，依舊青天無點痕。（卷36，頁1883）

此詩作于慶元元年（1183）春，在吉水。

首句用巧喻，以錦比輕雲，卻不吝加綴「雜碎」二字，蓋實擬也。

次句又用月之常喻，但一濕字，便添風致，且與上喻合拍了。

三句輕輕收拾。

四句了無痕蹤。

一幕短劇，點到為止。

五十、同題之二

月到東園分外光，行行坐坐間傳觴。

生愁踏碎千花影，回顧千花總不妨。（同上）

首句為東園平添身分。

次句切題中諸人共遊。古之雅人遊必有酒。

三句踏碎千花影，實為踏壞千花，加影更具詩意。

四句轉寫千花之灑脫不羈。

上首寫空中，此首寫地面，相得益彰。

五十一、丙辰歲朝行東園

元日扶衰看早春，嫩苔一徑落梅新。

何人舞罷凌波襪？踏匾珍珠滿綠絪。（卷27，頁1931）

此詩作于慶元二年（1196）春，在吉水家居。

首句破題。

次句苔、梅互映。

三句以仙人爲喻。

四句眞珠滿地，蓋落花也。

妙在凌波襪與踏匾密合無間。

五十二、東園社日

風雨摧殘桃李枝，東園無樹不離披。

海棠過後殘花在，恰似上春初發時。（卷37，頁1936）

此詩作于同時地。

春社在春末，故首句日桃李已凋零。

次句增益其勢。

三句海棠遲謝，猶有殘餘，算一例外。

四句謂此景略似初春，但主配角有異耳。

三花定三春。

五十三、八月十二日夜，誠齋望月

才近中秋月已清，鴉青幕掛一團冰。

忽然覺得今宵月，元不粘天獨自行。（卷37，頁1945）

此詩作于慶元二年（1196）八月。吉水家居時。

首句以清譽月。

次句以鴉青形容夜空，又以「一團冰」喻圓月。

三句一轉。

四句妙想：在粘天與獨行之間，其實還包容了不少想像空間。

五十四、冬暖絕句

今歲無寒只有暄，臘前渾似半春天。

醉中若有薰香癖，燒得春衫兩袖穿。（卷38，頁1953）

此詩作于慶元二年（1196）冬，吉水家居時。

首句直述，此亦異象也。

次句補足首句。

三句似幻若真。

四句謂春衫兩袖似被薰香之火燒穿。亦只能解作一種暖冬時節的幻象。

五十五、積雨新晴，二月八日東園小步

醉來忽墮錦標屋，無奈桃園李繞何？

八角小亭無處坐，見花多處背花多。（卷38，頁1966）

此詩作于慶元三年（1197）春，吉水家居時。

首句標明醉後，補題之不足；又以錦標屋比喻仲春之東園。

次句以「桃園」稱東園，卻又以李花為代表性的主角，這是巧于佈局。

三句似抑實揚。

四句故作姿態。背花而坐，何等風流！

五十六、初秋戲作山居雜興俳體十二解之一

暑入秋來午更強，風排雨遣曉差涼。

如何繞砌千枝蕙，只是開門一陣香？（卷38，頁1968）

此詩作于慶元三年（1197）秋，吉水家居時。

首句寫秋老虎景況：以「入」字傳神。

次句一抑，風雨均擬人化。曉承上句之午，涼承上句之強。

三句一轉，寫繞階千花。

四句一合，只是一陣香，一陣香足矣。

五十七、己未春日行居雜興十二解之一

今歲春遲雨亦然，生愁無水打秧田。

不消三日如麻腳，線樣溪流浪拍天。（卷38，頁1990）

此詩作于慶元五年（1199）春，吉水家居時。下一首同。首句直抒。

次句接榫。

三句一轉，以麻腳喻雨之粗大。

四句又以線喻溪流，乃麻腳之對反。後半又以「浪拍天」反襯線溪。一揚一抑之間，盡見春光。

五十八、同題之三

海棠雨後不勝佳，子細看來不是花。

西子織成新樣錦，清晨濯出錦江霞。（同上）

首句寫一大片海棠，「不勝佳」為下三句鋪路。

次句故作詭譎語。

三、四句用巧喻，一氣呵成。

西施織錦且濯錦，錦江者美麗江水也，不宜視作私名。由花而錦而霞，妙趣橫生。

五十九、上元後一日往行莊訪子仁，中途望見莊裏李花

莊裏李花何以生？行頭轉處最分明。

轎中舉首聊東望，不見花枝見雪城。（卷39，頁2078）

此詩作于嘉泰元年（1201）春。吉水家居時。

上元季節，江南李花開得正旺，猶如寶島之杜鵑。

首句自問，問天乎，問人乎？

二句明示位置。

三句寫自己的動作。

四句用一巧喻（雪城）收拾全局。誠齋再次用了「不見」字樣，猶如上首的「不是花」。

六十、中元日早起

欲借微涼問萬松，萬松自熱訴無風。

清晨秋暑已如許，那更斜陽與日中。（卷40，頁2095）

此詩作于嘉泰元年（1201）秋。

首句「借微涼」意味深長。因爲此季炎熱難當，難得一微涼時也。

次句用頂眞格，比較緻密。「訴」字疑應作「訴」，告訴也，有抱怨意。

三句故意退一步說。

四句直陳這季節整天都熱——以夕暮時與日正當中時相比。

六十一、春寒

風日晴暄一倂來，桃花告報李花開。

待君減盡衣裳了，夜色春光特地回。（卷40，頁2124）

此詩作于嘉泰二年（1202）春，吉水家居時。

首句有風有日，明是晴暖之日。

次句可作二解：一、桃花報告世人我來了……二、桃花熱腸，報告世人李花開了。二解各有風致。

三句因春減衣。

四句疑指春日夜寒。

六十二、五月三日早起，步東園示幼輿子

雨香不及露葦香，竹液花膏馥菴棠。

儂與曉星成二客，更無人共上番涼。（卷42，頁2254）

此詩作于開禧二年（1206）夏，吉水家居時，距死亡之日不遠。

首句品味雨、露之香，分出高下來。

次句分析露香之由來：竹、花、菴棠。

三句謂己與曉星獨享此一美景。

四句補上句，謂此夏日早涼，更無他人能共享。

此中或有生死讖語。

六十三、端午病中止酒

病裹無聊費掃除，節中不飲更愁予。

偶然一讀《香山集》，不但無愁病亦無。(同上)

此詩亦作于同時。是他一生最後一首詩，五月八日午時誠齋即隱
几而歿。

首句謂端午節家中大掃除，應當不是誠齋親自動手操勞。

次句謂因衰病逢佳節不能飲酒，甚爲發愁。

三句耽讀白居易詩，加一「偶然」更好。

四句詠無痛無愁——香山眞詩魔也！

人生至此，夫復何言！

以上六十三首節令詩，或詠季節，或詠節日，各有千秋：

一、題材廣泛。

二、有景有人有情。

三、有些彰顯節令特色，有些未必。

四、多用喻及擬人法，偶用頂眞、比襯等修辭技巧。

五、多爲中品及中上品之作，上品較稀。

伍、民生

一、夜同文遠禱雨老岡祠

秋熱常年無此例，今宵有月不能涼。

槁田似妒詩人懶，作意催成禱雨章。（卷二，頁116）

此詩作于隆興元年（1163）秋。赴調至行在時。

老岡祠，在廬陵縣。今吉安縣北萬福鎮西有老岡，或即其地。

首句謂秋老虎驚人，其實秋熱乃江南氣候之常態。

次句謂以往經驗，夜有月則天涼，此時又例外，直承上句。

三句一轉，巧用擬人法，寓自我調侃之意。

四句謂此際與友禱雨，乃槁苗所促成。

禱雨乃為民生著想。

二、憫農

稻雲不雨不多黃，蕎麥空花早著霜。

已分忍饑度殘歲，更堪歲裏閏添長！（同上，頁118）

此詩亦作于同年冬。

首句用巧喻，謂天上之雨如稻，偏偏不太黃，因而不能降雨。

次句直寫蕎麥空花不結穗，蓋因旱著霜也。

三句承而似轉：老百姓忍此饑荒歲月，眼看可以熬過了。

四句謂偏偏又有閏十二月，讓人多苦一個月！

天何酷哉！悲憫之意全出。

三、農家歎

　　兩月春霖三日晴，久寒初暖稍秧青。

　　春工只要花遲著，愁損農家管得星。（卷二，頁135）

此詩作于乾道元年（1165）春，在吉水居憂時。

首句謂春霖飽足，以三日晴陪襯之。

次句春寒稍暖，稻秧青青。

三句謂春神要花遲開。

四句謂農家恐損自家利益，故願多降春霖以助秧長，不計春花矣。

四、二月望日勸農，既歸，散策郡圃之一

　　荊溪老守勸農歸，吏散還從郡圃嬉。

　　恰得落英才一掬，春風苦向掌中吹。（卷八，頁473）

此二詩作于淳熙五年（1178）二月，知常州時。

首句自稱「荊溪老守」，此年誠齋五十二歲矣。

按紹興十五年因臣僚上言，詔州縣守令於春季耕籍之後，親出郊外，召近郊父老，勞以飲酒，諭以天子親耕勸率之誠，行勸農故事，使守令有勸農之名，又有勸農之實。

次句謂歸嬉，切題。

三句詠一掬落花，言春花不盛也。

四句將春風擬人化，增益情趣。

五、同題之二

　　今年花事許遲遲，九十春光已半歸。

　　風急杏花吹不脫，落梅無數掠人飛。（同上）

首句與上首之三句相呼應。

次句謂已至仲春中旬。

三句詠杏花不落，忒生動。

四句詠梅落，亦遲於昔常。

此首雖在「勸農」題目下，實詠春景，勉強可算是關心民生。

六、兒啼索飯

　　飽暖君恩豈不知？小兒家慣只長饑。

　　朝朝聽得兒啼處，正是炊粱欲熟時。（卷11，頁588）

此詩作于淳熙五年冬，居官常州作。

首句謂人民飽暖，乃是君恩。

次句反說，民間小兒長年飢餓。

三句承二句。

四句謂天下粱熟可炊，反襯貧兒之飢之苦。

由題目到文本，皆含悲天憫人之心意，然則身為知州，誠齋何可為也？

　　以上六首，有關民生（嚴格說來只有五首），聊備一格，多為中品之作，未見用喻，間或仍用擬人手法。

陸、人物與友誼

一、再病書懷呈仲良

> 病身誰伴亦誰憐？贏得昏昏幾覺眠。
> 睡起不知身是病，踞床看盡水沉煙。（卷一，頁49）

卷一之詩，起紹興 32 年（1162）秋，迄隆興元年（1163）夏，在零陵縣丞任上及任滿歸吉水時。

首句寫病中孤單之狀，示友以自慰。

次句繼之：長睡。

三句忘病。

四句怡情。

全詩雖無一字及於仲良，愛友念友之心藹然若見。

二、和唐德明問病

> 罷卻微官且客居，庭闈不近信全疏。
> 更無竹下子唐子，誰與過逢說異書？（卷一，頁52）

首句自抒。

次句繼之。落寞之況全露。

三句入題：惜哉不能與唐子相聚。

四句細說憾惜之意：與友談說異書，乃人生一樂。於此洞見二人之友情。

三、同題之二

> 俟命循天更不疑，朵頤那可換靈龜！
> 逍遙豈在榆枋外，問著扶搖總不知。（同上）

首句謂吾輩一貫俟命順天，不苟求富貴。

次句似謂酒肉朋友遠不如道義之交如德明者。

三句用莊子典而變化之。

四句續上句，謂不見德明，難得逍遙遊之趣。

四、夜離零陵，以避同僚追送之勞，留二絕簡諸友

> 已坐詩臞病更羸，諸公剛欲餞湘湄。
> 夜浮一葉逃盟去，已被沙鷗聖得知。（卷一，頁56）

首句謂勤作詩則瘦，何況又有身病。諭知諸友己身之狀況。

次句切題。

三句續說題意。

四句巧說：沙鷗已知我去，諸君猶未知也。「聖」字入神。

五、同題之二

> 思歸日日只空言，一棹今真水月間。
> 半夜猶問郡樓鼓，明朝應失永州山。（卷一，頁57）

按永山在永州零陵縣南九十里，州因山為名，此處汎指永州之山。

首句切題切實。襯托下句。

次句爽神。

三句有依依不捨之意。

四句仍表不捨。

此二詩均點到為止，君子之交淡若水也。

六、贈相士蓑衣道人杜需二首

　　　與子生疏有底仇？談間容易說封侯。
　　　病身更遣冰山倚，野鶴孤雲也皆愁。(卷二，頁92)

　　卷二之詩，起隆興元年（1163）秋，迄乾道元年（1164）春，赴調行在及歸吉水時作。

　　蓑衣道人杜需，一作姓何，賜號通神先生，善卜，居西湖上多年。

　　首句謂久仰大名，卻素來生疏，非有仇隙也。

　　二句謂相士曾說及封侯之事。

　　三句自稱病身，以杜需爲一凜然之冰山。

　　四句謂野鶴孤雲亦爲先生愁。

　　此詩有交代不清處，但大意可知。

七、同題之二

　　　坐來小歇過眉拄，客裏那能滿眼酣。
　　　肯脫蓑衣借儂著，鷗邊雨外且江湖。(同上)

　　首句描寫相士之形象。

　　次句憾不得暢飲。

　　三句脫衣借穿，暗示二人交情不淺。

　　四句寫相士落拓於江湖。以鷗、雨相烘托。

　　四句各說一事，合而成一人物詩。

八、送傅山人二絕句之一

　　　江山有約未應疏，浪自忙中白卻鬚。
　　　我昔屬官今屬我，子能略伴瘦藤無？(卷二，頁118)

　　傅山人，不詳，看文本知爲與誠齋交好之高士。

　　首句謂二人與江山有約，故不應疏略。

　　次句自謂在世俗繁忙中白了鬍鬚。

　　三句一轉，昔爲官事纏身，如今家居自在矣。

四句以瘦藤自喻，問對方能相友相伴乎。

全詩未正寫山人，亦是留白技巧。

九、同題之二

　　談天渠外更誰先，聊復憐渠與酒錢。

　　富貴不愁天不管，不應丘壑也關天。(同上)

首句以談天第一友譽之，示二人之親密相待。

次句謂二人為酒友。

三句似轉實承。是倒裝句：不愁富貴不管天。二人之志趣相同也。

四句順水而下：我倆一丘一壑，自得其樂，老天也管不到！

後一首十足增益前首。

十、送盧山人二首

　　行盡千山又萬山，山真何好子能然？

　　青鳥縱妙儂曾問，著眼煙雲也自賢。(卷二，頁125)

盧山人，亦不詳。

首句寫山人本色：到處遊山。

次句謂山好，子亦好。故意用反問句。

三句謂我曾問青鳥天地之妙。

四句謂我倆注心煙雲，自得其賢，不必羨青鳥也。

十一、同題之二

　　有穴牛眠子為尋，剩將朽胔換葦簪。

　　家阡只見牛羊到，此外窮通得上心。(同上)

首句謂山人伴牛眠，逍遙自在。

次句謂以隱代仕，飄然世外。

三句謂家阡只容牛羊。

四句謂悟窮通之理，已得上人之境。

此詩將我與山人合而為一。

十二、送談星辰吳山人

> 牙籌入手風前快，玉李行天鏡裏看。
> 紫闥青規吾不夢，子言欲試故應難。（卷二，頁 132）

首句謂山人善計或善卜。

二句玉李原指崑崙所產之珍貴李子。此處或指喻山人之美妙。

三句謂神仙之道吾不諳不問。

四句謂汝欲試之，恐不易得。

此詩前二句佳妙，後二句平實。

十三、與薄叔蔬飲聯句

> 蕨含春味緊如拳，酒入春風浪似山。（廷秀）
> 未信乾坤非細物，小吞螺浦半杯間。（昌英）（卷三，頁 138）

卷三之詩，起乾道元年（1165）春，迄乾道二年秋，在吉水居憂時作。

首句妙喻，「含春味」亦好。

次句更加興風作浪。「浪似山」以喻酒亦奇，與「緊如拳」似對非對而妙。

三句之「非」，似應解作「漠視」。

四句螺浦指吉安府之螺川石，在文山祠前。其一穴文宛蠡如螺形。

小吞螺石——田螺，亦大事也。

雖為聯句，天衣無縫。

十四、送瀛州先生元舉叔談命郡城

> 誰遣談天太逼真？取憎造物得辭貧。
> 不妨小隱君乎肆，戲與人間閱貴人。（卷三，頁 150）

元舉為誠齋之族叔。

首句直指先生談天率真。

次句謂得罪了造物，故一貧到底。

三句一轉：建議他到四川去找嚴君平學卜筮。

四句謂卜者能閱貴人之命，亦一種過癮也。

由眞到幻，泰然自若。

十五、得省榜，見羅仲謀、曾無逸策名，
夜歸喜甚，通夕不寐，得二絕句。

淡墨高垂兩客名，夜歸到晚睡難成。

卻緣二喜添三喜，聽得黃鸝第一聲。（卷三，頁170）

省榜謂鄉試榜文：羅仲謀，爲誠齋內姪。曾無逸，吉水人，乾道
二年進士，曾以書抵丞相留正。

首句淡墨雙關：是榜文，也是二人之才學。

次句實抒。

三句一轉訝人。

四句引出黃鸝聲來。黃鸝本爲吉祥之鳥。巧合每是詩材。

十六、同題之二

兩日陰晴較不常，嫩寒輕暖雜花香。

今晨天色休休問，臥看紅光點屋梁。（同上）

此詩亦用留白法。

前句直述。

次句應合之：嫩寒即陰，輕暖即晴。花香添味。

三句突破，亦承亦轉。

四句紅光應晴，然在此處，正是二子之中榜所帶來的喜氣。

十七、攜酒餞羅季周

夜深未要掩柴門，且放清風入綠尊。

淡月輕雲相映著，淺黃帕子裏金盆。（卷三，頁190）

羅季周，誠齋妻父羅天文之孫輩。

首句平實。

次句清妙，由首句引申而來。

三句又增益其氣氛。「清」、「淡」、「輕」三形容語一以貫之。

四句之「淺黃」、「金」，又繼前三。

首句「夜深」之「深」，亦無形間參加了這一浩蕩的行列。

十八、夜聞蕭伯和與子上弟讀書

少日耽書病得臞，何曾燈火稍相疏！
如今老懶那能許？臥聽鄰齋夜讀書。（卷四，頁 198）

卷四之詩，起乾道二年（1166），迄乾道三年秋，經潭州赴行在，以除服命為奉新令，還家待次作。

首句謂少年因多讀書瘦了身子。

次句續足其意。

三句一轉：老病少讀。

四句入題，烘出鄰人父子之勤讀。

此詩起承轉合，抑揚頓挫，簡而不陋。

十九、分宜逆旅逢同郡客子

在家兒女亦心輕，行路逢人總弟兄。
未問後來相憶否，其如臨別不勝情。（卷四，頁 204）

此詩寫旅途人情，入木三分。

首句故抑：在家時，那怕自己子女，也不太在意。

二句寫出門在途，見同郡人格外親切。

三句不問未來。

四句只說今日。

首句「心輕」與末句「不勝情」之間，對比的意味十分濃郁。

二十、和侯彥周知縣招飲

乘興山陰更灞橋，人間此事久寥寥。
客心也欲將歸去，小爲故人留一宵。(卷四，頁213)

侯彥周，紹興中以直學士知建康，東武（山東諸城）人，本名寘。

首句謂山陰訪友，灞橋別友，合而爲一。

次句謂今俗不淳，此友誼之事不可多得。

三句詠將歸之心。

四句詠爲侯而留。

招飲之事，盡在不言中。

二十一、新熱，送同邸歸客，有感二首

日日思親未拜親，何時乞我自由身？
同來客子送歸盡，更送後來無數人。(卷四，頁228)

首句慨身不由己。

二句補足之。

三句送客，似聊補己之不能返鄉。

四句進一步誇飾之。

送人與思親思鄉密合爲一，亦一作法也。

二十二、同題之二

瘦不緣詩不爲春，只教懸磬未教行。
清和天裏不歸去，六月長途作麼生？(同上)

首句又詠己之瘦損，不爲吟詩，不爲傷春，然則爲懷鄉而不得歸也。

次句懸磬謂居處空無所有，一人獨居也。行不得也，哥哥！

三句再明詠己之不能歸，但能送人歸去。

四句說六月好天，長途茫茫，自己將如何耶？

惆悵之情，洋溢全詩。

二十三、送相士高元善二首

> 選官選佛兩悠悠，元不關人浪自愁。
> 洙泗生涯久春草，老夫作麼懶回頭？（卷四，頁235）

首句謂在仕隱之間徘徊不已。

二句謂自當承受。

三句謂讀書生涯久已荒廢。

四句謂老夫（我）為何仍不回頭是岸？

全詩完全未寫相士本人，借題抒心而已，但二人之友誼可以想見。

二十四、同題之二

> 稱子煩君一一看，丁寧莫道好求官。
> 老來正要團欒坐，伴我秋風把釣竿。（同上）

此詩終於把高相士的身分特徵流露出來了。

首句請相士為自己的兒女們一一看相。

次句承之，叮嚀重點：不求富貴。

三句似轉實承：我老矣，希望多過全家老小大團圓的生活。

四句舉一可以反三：陪伴我到秋風下的小溪邊，共同把竿垂釣。

此詩與上詩其實陰有會通之處。

二十五、送楊山人，善談相及地理

> 相人何似相山難？慚愧渠儂眼不寒。
> 木末涼風無半點，如何又欲跨歸鞍？（卷四，頁243）

首句甚巧：因為山人又善看相，又善地理風水，故捆合在一起，說看山水比看人相更難。

次句似謂山人自有慧眼，自己望塵不及。

三句謂天尚未寒涼。

四句憾山人又將離去，不能與之長聚。

前半寫山人本領，後半詠二人友情。

二十六、送王無咎，善邵康節皇極數，二首

　　安樂窩中書一編，君從何許得真傳？
　　我無杜曲桑麻在，也道此生休問天。（卷四，頁257）

　　王無咎，為廬陵本里人，名歷皆無考。

　　首句謂邵雍安樂窩中有一編皇極圖說。

　　二句問君何由得傳。蓋此罕見之學也。

　　三句謂我乏恆產。

　　四句說有生一切由天命，然不可問，亦不必問。

　　藉王氏抒己胸懷。

二十七、同題之二

　　識盡江淮諸貴人，歸來盧水一番新。
　　問渠福將今誰子？容我生平作俸民。（同上）

　　此詩前三句說王無咎，四句及己。

　　首句多友。

　　次句歸鄉。

　　三句問福將降誰。

　　四句自抒只過平凡生活。

　　誠齋對命卜推算之學，一貫地似信非信。

二十八、贈曾相士二首

　　富貴真成一聚塵，飢寒選得萬年名。
　　心知那有揚州鶴，更問儂當作麼生？（卷五，頁261）

　　卷五之詩，起乾道三年（1167）冬，迄乾道六年春，在吉水家居。

　　曾相士，與趙蕃等官宦、詩人均有來往，蓋亦吉水人也。

　　首句為富貴不可依憑。

　　次句謂飢寒乃世之常態。

　　三句謂世間無仙。

四句自問將如何自處。

全詩未著相士一句，然或有求教之心意。

二十九、同題之二

抛了儒書讀相書，卻將冷眼看諸儒。

曾生肯伴誠齋否？共箇漁舟入五湖。(同上)

此首不同上首，首二句直述曾氏。

首句表明其身分。

次句說其交遊，不讀儒書而相天下眾生。

三句樂與為友伴。

四句嚮往漁釣生涯。

三十、和張器先十絕

舊聞我里子張子，七字端能出六奇。

家巷有門無剝啄，怪來佳客肯差池。(卷七，頁281)

張器先為溫州人，與王十朋等詩人文士均有來往。

但此詩首句即說「我里子張子」，恐在吉水卜居較久也。

首句全盤介紹主角。

二句說他七言詩出色。

三句謂張氏居陋巷如顏淵。

四句詫佳客不來訪張。

三十一、同題之二

向來一別十番秋，消息中間風馬牛。

只道故人霄漢去，不應林壑小淹留。(同上)

首句述二人友誼，側寫。

次句謂消息不通久矣。

三句猜想故人已仙去，此中有惆悵，亦有稱譽其高風亮節之意。

四句寫實：謂張器先仍隱于林壑，此中有驚詫，亦有喜悅。

三十二、同題之三

誰云涸轍困波臣，合脫青鞋立縉紳。

寄與有司高著眼，後來文格待渠新。(同上)

首句涸轍用莊子典而不甚覺，全句謂器先為大器，不足為蹇途所困。

次句謂自有立足縉紳之資格和機會。青鞋，草鞋也。

三句謂其作品若寄於有司過目，定會得到欣賞。

四句謂預期他的詩文能一新文壇風氣。

全詩句句譽張。

三十三、同題之四

我自窮愁自綴文，何堪見士可憐生？

兩家政好同詩社，一戰猶須倩酒兵。(同上)

首句謂我乃一詩人。

次句謂惺惺相惜，不忍汝落魄。

三句一轉，謂二人恰屬同詩社，友誼素篤。

四句似邀張以酒助興，共吟共賽。「酒兵」為當下喻，妙。

三十四、雨中送客有感

不知春向雨中回，只道春光未苦來。

老子今晨偶然出，李花全落鄭花開。(卷五，頁285)

首句謂春去無蹤而人不覺。

次句說反以為春天根本未曾來過。「苦」字耐品。

三句「老子」似辛棄疾口吻，但誠齋本有此等氣概和狂態。「偶然出」，切題。

四句李花落，證明春已近。

鄭花，鄭木之花，其葉如凍青，高二三丈，小者亦丈餘，暮春開小白花，雖香而甚烈，並不旖旎。

以此代表暮春或春末。

全詩未提及所送何人，以及與他的友誼。但李花落或暗示春去友亦去之惆悵。

三十五、題王季安主簿佚老堂二首之一

造物那能惱我曹？軟紅塵裏漫徒勞。
是中卻有商量處，且道青原幾許高。（卷五，頁297）

王季安，爲廬陵大家族之子，砥行好修，以不及當世之賢而知者爲恥，傾身下士，其門長者車轍常滿，其堂日具數百人之饌。季安潛伏巖谷之下，而其聞彰焯江湖之外。本名琰。平盜有功而不居。

首句謂人貴自立，造物不能惱我。

次句謂一般人奔走紅塵中，不過徒勞而已。

三句一轉，不落痕跡的引出王氏佚老堂來。

四句譽王氏之高明，不同於世俗。

三十六、和謝昌國送韋俊臣相訪

芒屩爲車不必巾，夫家未害子爲文。
謝家有句元無繼，枉卻崔詩頭上雲。（卷五，頁300）

謝昌國，名諤，新喻人，曾知分宜縣。縣積負郡錢數十萬，歲當賦外，又徵緡餞，諤疏其弊於諸監司，請免之，累官監察御史，又權工部尙書，人稱艮齋先生。

韋俊臣，名邦彥，詩人，曾與周必大等交遊。

首句謂貧賤布衣之交，不必擺派頭。

次句謂謝乃詩窮而後工。

三句以謝氏祖先有靈運，本無以爲繼，然昌國詩好，或足以繼。

四句無中生有，佯謂天上雲亦在催詩也。

三十七、和謝昌國送管相士韻

> 半世緣癡自作勞，萬人爭處我方逃。
>
> 憐渠識盡公卿得，一馬歸來骨轉高。（卷五，307）

首句謂半生癡情，作繭自縛。

次句謂不同于世人爭名奪利。此二句似自抒，又似說昌國。

三句詠謝多交官宦。

四句謂他出汙泥而不染，一味品高。

送管相士，似不關緊要，抑或末二句亦涉及之。

三十八、送鄉僧德璘二首之一

> 衲子向來元士子，詩僧遮莫更禪僧。
>
> 不妨參透諸方得，別有宮牆第一層。（卷六，頁362）

六卷之詩，起乾道六年（1170）夏，迄淳熙二年（1175）春，知奉新縣，召除國子博士等，及補外歸吉水待次時作。

德璘，姓張，吉州黃巖人，後主雙峰定水寺。

首句謂德璘本儒生。

次句譽之為詩僧、禪僧。

三句勉勵他由禪、詩入手，遍參諸方。

四句謂更上一層樓。

全詩既譽又勉。

三十九、同題之二

> 湖上諸峰紫翠間，三年欲到幾曾閑！
>
> 儂今去處渠知麼？不是南山即北山。（卷六，頁362）

首句詠吉州雙峰山之景。

二句自抒，無暇探訪。

三句緊承二句而小轉。

四句南山，陶淵明；北山，孔稚珪。並謂隱居山林間也。以此示僧，亦自慰慰友之辭。

四十、和馮倅投贈韻二首（名顧，字子長）

先生彈鋏凍吟詩，此豈求他一世知。
只怨送窮窮不去，元來卻不怨工詩。（卷六，頁369）

誠齋以爲馮詩「清麗奔絕處，已優入江西宗派，至於慘澹深長，則浸淫乎唐人矣」。（〈雙桂老人詩集後序〉）

首句說馮顧窮而好吟。

二句謂不求名利。

三句用韓愈〈送窮文〉典，送窮而窮不欲去。

四句仍本詩窮而後工之旨。

詩人固窮乎！知音更難得。

四十一、同題之二

繭紙松煤細作行，兩詩字字可珍藏。
書生伎倆成何事？只博虛名萬古香。（同上）

首句直寫馮顧贈詩之形貌。

次句正面讚譽其詩。首句造基也。

三句故意一抑：書生、詩人，同爲世人所輕。

四句一揚：千古不朽之名！但又故意度出「只博虛名」四字。頓挫自如。

四十二、送翁志道

平生翁子妙談天，誰愛青山不愛官？
一笑同看巖下井，秋來能更起波瀾？（卷六，頁375）

首句倒裝：翁子一生，妙於談天。此「談天」是談天理天道天象，抑或是一般的聊天？想是前者。

次句故意用反問句，其實直指翁子愛青山愛大自然，而不愛富貴。

三、四句寫二人友誼。

三句看巖下之井，頗有象徵意味。表面上是同遊之實述，其實頗有丘壑在其中焉。

四句有無波瀾，更象喻暗示翁子已心如止水。

四十三、表弟周明道工於傳神，而山水亦佳，久別來訪，贈以絕句二首之一

筆端人物更江山，外第周郎兩不難。

可把吳淞半江水，博他頭上進賢冠。（卷六，頁 375）

首句切題。（「傳神」指人物畫生動）。

次句補足之。

三句以他的山水畫為核心，寫來灑脫。

四句稍嫌世俗化。

四十四、同題之三

儂家有軸郭熙山，墮在冰溪雪嶺間。

有弟新來眼如月，為儂洗手拾將還。（卷六，頁 376）

首句明示郭熙山水畫。

次句謂山在冰溪雪嶺間。

三句譽明道。

四句以幻為真，「拾」古畫者，臨摹入神也。

此詠明道善摹仿古畫，卻說得別致。

四十五、雨中送客

閒人也多有忙時，送客誰令作許癡？

一夜黑風吹白雪，明朝紫陌總黃泥。（卷六，頁 381）

此詩雖未明說所送者誰，其間友誼卻自然流露。

首句謂閒人也有忙時，忙於送客也。

次句詠送客之情真意摯。

三句黑風白雪，黑字入神。

四句設想明朝：紫陌、黃泥，配上上句的黑風白雪，宛然一幅半真半幻的圖畫。

四十六、與劉景明晚步

行盡南溪溪北涯，李花看了看桃花。

歸來倦臥呼童子，旋煮山泉瀹建茶。（卷七，頁405）

劉景明，安成雩都大夫劉先生之弟子，本名彥純，為誠齋師弟，為詩文頃刻而就百千言，飄然不可羈拘。

首句寫二人散步的範圍，似乎所行甚遠。

次句看桃李，平易瀟灑。

三句歸後呼童。

四句共喝茶。

二人之友誼，不言而喻。

四十七、送客山行

嶺雲為作小涼天，山店重來憶去年。

獨樹丹楓誰不是？何須更立萬松前。（卷七，頁415）

首句寫山寫天候。

次句山店，回憶。

三句小樹、丹楓。轉而實承。

四句不必萬松。

送客、山行二事合而為一，似乎愉悅之至，不必萬松為伴也。

四十八、寄題劉直卿冰壺

外看積翠玉千峰，中有清池月半弓。

更拓長堤三十里，剩栽楊柳與芙蓉。（卷七，頁418）

首句以玉喻山，兼及山上之積翠。

次句以弓喻月。

三句拓展視野。

四句詠楊、荷。

此詩由遠景而近景，復由中遠景而近景。

四十九、同題之二

壺裏冰清冰裏人，簷邊無地可留塵。

何時去弄池中月，照我星星白髮新？（同上）

按劉伯正字直卿，餘干人，開禧進士，官監察御史，臨危不變色，帝乃重用之，累拜參知政事。

冰壺或即直卿之別號，首句以此稱譽之，用王昌齡「一片冰心在玉壺」典。

次句續：謂其人一塵不染。

三句弄月，亦有象徵意味。

四句共照白髮。

五十、寄題朱景元直節軒

見說幽居似渭川，一川修竹雪霜寒。

如何剪得蒼蒼玉，乞與誠齋作釣竿？

朱景元，安福人，一作朱景源。

首句以朱之直節軒比王維之渭川山莊。

次句順筆描寫之。蓋此軒多種修竹。

三句以蒼蒼玉喻竹。

四句欲剪竹為釣竿，暗示二人之友誼不同尋常。

五十一、同題之二

月到梢頭十倍明，風來葉底百分清。

儘言直節無人會，歲晚君看太瘦生。（同上）

首句極爽神。

次句繼之，「百分清」尤妙。

三句詠竹之直節，故意說「無人會」。

四句詠竹之瘦。

竹之瘦，可擬老杜之瘦否？

全詩全部詠竹。

五十二、戲贈子仁姪

> 小阮新來覓句忙，自攜破硯汲寒江。
> 天公念子抄詩苦，借與朝陽小半窗。（卷八，頁 456）

卷八之詩，起淳熙四年（1177）夏，迄淳熙五年春，赴任途中及知常州時作。

子仁，誠齋族姪：「子仁姪初學作詩，便有可人語。數日得五詩，予題之以〈山莊小集〉云。」（誠齋詩題），詩中有「篇篇字字爽于秋」、「一句能銷萬古愁」之句。

首句以阮籍自比，而子仁為阮咸。

次句寫出其神貌來。破硯寒江，雅之極矣。

三句引出老天來。

四句令人莞爾一笑。

或者以朝陽暗喻子仁之為人及詩。

五十三、張尉惠詩，和韻謝之

> 下筆生波便百川，字間句裏總超然。
> 讀來清氣涼人骨，六月真成九月天。（卷九，頁 502）

張尉，字元直，為臨安府鹽官縣尉。縣尉，從九品官，掌轄所部兵馬，行捕盜之責。

首句誇飾，百川如畫。

次句直讚。

三句繼之，清氣由前「百川」、「超然」而來。

四句以季節為喻。

全寫張氏之詩。

五十四、同題之二

軟紅塵還眼曾開，苦被新詩猛喚回。

借問錦心能底巧？更從月脅摘將來。(同上)

首句謂張氏本為塵俗中人，身為小吏。

次句以詩牽之。「苦」、「猛」互應，力大。

三句譽其巧。

四句用月脅典足成之。

五十五、同題之三

老去才情半拘慳，不愁不退豈愁前？

清風明月無拘管，與子分張更一年。(同上)

首句自抒。

次句足成之，頗有自我調侃的意味。

三句謂大自然的清風明月，無拘無束，吾人吟詩，亦應效之。

四句謂我與張氏已分別一年，更增思念之忱。

詩與友誼，密不可分。

五十六、和范至能參政寄二絕句之一

生憎雁鶩只盈前，忽覽新詩意豁然。

錦字展來看未足，玉蟲挑盡不成眠。(卷11，頁594)

此詩作于淳熙五年多，居官常州時。

范至能，大詩人范成大。

首句謂一生討厭世俗應酬。

二句謂讀范詩而心意爽豁。

三句看詩不已。

四句玉蟲指燈花。一夜挑燈讀詩，不得眠矣。

詩使人迷，友誼尤然。

五十七、同題之二

夢中相見慰相思，玉立長身漆點髭。

不遣紫宸朝補袞，卻教雪屋夜哦詩。（同上）

首句謂夢中喜逢。

次句描寫范成大的模樣。玉、漆對比，色澤鮮明。

三句謂不談朝廷事。

四句只說吟詩。「雪屋」與「紫宸」對得忒好。

五十八、夜飲周同年權府家

老趁漁船泊館娃，月明夜飲故人家。

春風吹酒不肯醒，嚼盡酴醾一架花。（卷13，頁655）

此詩作于淳熙六年（1179）春，自常州歸上饒途中作。

周仲昌、周碩、周鎬均為誠齋同年，何人權攝知平江府，已不可考。

首句謂同遊蘇州館娃官。

二句夜飲。

三句酒醉。「不肯醉」有味。

四句謂嚼花醒酒或佐酒，亦奇事也。

五十九、李與賢來訪，自言所居幽勝甚似判溪，因以似判名其庵，出閑居五詠，因次其韻

玉壺冰段露金莖，未抵〈閑居五詠〉清。

休道曹詩成七步，不須三步已詩成。（卷14，頁709）

此詩作于淳熙六年（1179）夏秋間。家居吉水時。

首句玉壺金莖，言天下清景也。

次句譽李詩之尤清。

三句用曹植七步吟詩典。

四句烘托李筆下之捷，才情之高。

六十、同題之二

山似判溪溪似油，人如詩句句如秋。

無邊春裏花饒笑，有底忙時草喚愁？（同上）

首句描寫山與溪，「油」字有湊韻之嫌。

次句詠詩人及詩，秋，秋高氣爽也。

三句花笑。

四句草愁。

三、四句為全詩添趣助陣耳。

六十一、同題之三

溪上新橋似鳳林，殘風剩雨做秋陰。

先生小試南風手，寫得一川山水音。（同上）

鳳林橋，在江西安福縣北門外。

首句以新橋擬鳳林橋，蓋鳳林為當地名橋也。

次句風雨做陰。

三句以南風手喻先生之妙筆生花。

四句實說先生吟當地山水清音美景。

前二句景，後二句事，人在其中矣。

六十二、慶長叔召飲，一杯未釂，雷聲璀然，即席走筆賦十詩

晚飲西鄰大阮家，天風吹雪入簷牙。

呼僮淨掃青苔地，莫遣纖塵涴玉花。（卷14，頁721）

首句以大阮（阮籍）吟慶長叔，自己顯然以小阮（阮咸）自居。

妙在以前他為姪兒作詩，曾自比大阮，可見詩人不拘一格，運用之妙，存乎一心。

次句詠雪入戶。

三句呼僮掃地。

四句指陳掃地之目的，莫使雪花（以玉喻之）沾塵。

六十三、同題之二

> 長廊盡處繞梅行，過盡風聲得雪聲。
> 醉裏不愁飄濕面，自舒翠袖點瓊英。（同上）

首句詠長廊與梅，「繞……行」入神。

次句風聲雪聲接踵，自有雅趣。

三句詠醉。

四句翠袖瓊英之間加一「點」字，意趣盎然。

六十四、遣騎問訊范明州參政，報章二絕句，和韻謝之

> 南海人從東海歸，新詩到日恰梅時。
> 拈梅細比新詩看，未必梅花瘦似詩。（卷16，頁795）

此詩作于淳熙七年（1180）冬，廣州任上。

范明州，即范成大。

首句謂遣騎歸來。時誠齋有詩投贈石湖。

次句指范之絕句，與梅開同時。

三句梅、詩合璧。

四句梅瘦詩更瘦。

此亦半詠友誼半調遣之辭也。

六十五、同題之二

> 一別姑蘇江上台，綠波碧草恨悠哉。
> 忽然兩袖珠璣滿，割取三吳風月來。（同上）

首句懷念舊日吳中光景。

次句細寫並抒愁怨。

三句詠詩來。

四句謂詩中自有吳地風光，足以慰相思之饑渴。

起承轉合，井然有序。

六十六、正月二十四日夜，朱師古少卿招飲小樓看燈

> 光射瑠璃貫水精，玉虹垂地照天明。
>
> 風流誰似朱夫子？解放元宵過後燈。（卷 19，頁 997）

此詩作于淳熙十三年（1186）春。居行在時。

朱師古少卿，即朱時敏，眉山人，治禮記。

首句描燈光燦爛。

次句增益之。

三句讚朱。

四句切題。解，懂得，會心。

六十七、同題之二

> 南北高峰醒醉睞，市喧都寂似巖幽。
>
> 君言去歲西湖雨，城外荷聲到此樓。（同上）

首句言地在兩峰之間，人在醒醉之間。

二句因心靜意足，故市喧不聞。或真已寂靜。

三句實轉，去歲憶及西湖美景。

四句以西湖匹配今夕燈景。

雅人深致，每超越時空。

六十八、寒食中同舍人約遊天竺，得十六絕句，呈陸務觀

> 遊山不合作前期，便被山靈聖得知。
>
> 只等五更傾一雨，三更猶是月明時。（卷 20，頁 1007）

此詩作于淳熙十三年（1185）春。

天竹山：臨安府武林之南，南澗之北，即天竺寺。

首句謂人遊山不宜前約。

次句說免得被山靈預知。

三句實述：五更傾雨。

四句補足：三更月明。

此詩在半諧謔中寫遊時光景。

六十九、雪中送客過清水閘之二

　　肩輿九步十傾欹，下有冰河不敢窺。

　　冰上水禽行似箭，忽逢缺處得魚兒。（卷 21，頁 1086）

此詩作于淳熙十四年（1187）春，在左司郎中任內。

首句寫路途顛簸，稍涉誇張。

次句實寫。

三句寫水禽，以「箭」喻之，甚為生動。

四句缺處得魚，全是實描。

送客之誼，盡在不言中。

七十、謝李元德郎中餉家釀

　　長史銜杯太白熏，詼詞笑殺古來人。

　　至今太白一船酒，不飲還將飲子雲。（卷 22，頁 1107）

李元德即李祥，曾任太學博士、樞密院編修官兼刑部郎官等職。

此詩作于淳熙十四年（1187）正月，在左司郎中任內。

首句長史應指元德，太白則誠齋自擬。

次句詠談笑風生。

三句忽然飛出時空，虛擬李白一船酒。

四句謂此酒饗揚雄。似又將太白比元德，子雲自比了。詩人詭譎，於此可見一斑。

七十一、龍山送客之一

> 念念還鄉未得還，偶因送客到龍山。
>
> 分明認得西歸路，只是回車卻入關。（卷 23，頁 1206）

此詩作于淳熙十五年（1188）春，官秘書少監時。

首句思鄉示憾。

次句切題。龍山似與故鄉有相似之處。

三句謂自識回鄉路。

四句一轉，謂仍不免回衙。

一波三折。

七十二、贈翦字吳道人

> 剪李義山〈經年別遠公〉詩，
>
> 用青紙翦字，作米元章字體逼真。
>
> 寶晉雲煙雜海濤，玉谿花月寫風騷。
>
> 一生不倩毛錐子，只倩并州快翦刀。（卷 30，頁 1574）

此詩作于紹熙元年（1190），在行在作。

首句說米元章字體。

次句詠李義山詩句。「海濤」、「風騷」似對非對，甚妙。

三句說吳道人不用毛筆寫字。

四句用翦刀剪出好詩好書法來。

四句分寫合流，面面俱到矣。

七十三、領客南園之二

> 人間俗殺是公筵，最苦沉煙雜燭煙。
>
> 何似大家行幾步？逢花即飲醉還眠。（卷 33，頁 1720）

此詩作于紹熙三年（1192）春，由宣州歸建康。

南園，即南苑，在江寧瓦官寺東北。

首句反面破題。

次句假擬描述。

三句一轉入題。「行幾步」平易而好。

四句「逢花即飲」尤妙。

七十四、與次公、幼輿二子登伏龜樓

周遭故國是山圍，對境方知此句奇。

偶上伏龜樓上望，一環碧玉缺城西。（卷34，頁1723）

此詩作于紹熙三年（1193）春，自建康行部視囚時。

首句看似平穩。

次句特地張揚之。

三句切題而抒。

四句「一環碧玉」爲全詩龍睛。「缺城西」爲餘波，亦展示了一種缺陷美。

二客在文本中成了隱形人。

七十五、贈歸宗長老道賢

地下歸宗天下傳，老夫剩欲到雲邊。

王宏送酒催歸去，且省遠公沽酒錢。（卷35，頁1812）

卷三十五之詩，起紹興三年春（1192），迄紹熙四年春，自饒州至信州及自鄱陽歸建康，並得郡西歸時作。

歸宗寺在南康府紫霄峰下，晉佛馱耶西來，王羲之舍其宅爲寺，唐智禪師居之，宋嘉祐間周伯祥舍錢增修。

首句讚美此寺。

次句謂老夫已不久人世，或指將來此拜謁。

三句謂友人送酒。

四句謂免和尚破費。

惜未正面寫照道賢。

七十六、與子上雪中入東園望春

　　　　草草東園未整齊，卻於看雪最清奇。
　　　　莫嫌踏濕青鞋子，自有瓊瑤隔路泥。（卷 36，頁 1844）

　　卷三十六之詩，起紹熙三年（1192）秋，迄慶元元年（1195）春，
西歸及吉水之作。
　　首句故意一抑。
　　次句昂然一揚。「清奇」恰切。
　　三句又一抑。
　　四句再揚。然積雪是否能隔路泥，使鞋子不濕，使人存疑。
　　詩人興到，有時不顧物理常識。

七十七、上巳日復同子文、伯莊、永年步東園

　　　　兄弟相過看牡丹，牡丹看了看東園。
　　　　攀翻花木來還去，九徑還行十八番。（卷 37，頁 1936）

　　此詩作于慶元二年（1196）春。
　　首句開章明義。
　　次句切題，二句皆明白如話。
　　三句顯示東園花木之盛。
　　四句展示東園路徑之多，及諸人遊興之旺。

七十八、贈劉漢卿太醫

　　　　爐底金丹妙入神，月中玉兔擣成塵。
　　　　臣門如市心如水，只要陰功活萬人。（卷 38，頁 2010）

　　卷 38 之詩，起慶元二年（1196）冬至慶元五年，吉水家居時作。
　　首句譽劉氏妙藥。
　　二句巧言玉兔代擣。
　　三句謂太醫門庭若市，心如止水，其道術、其修養俱高。
　　四句點出太醫救人無算。
　　此為人物詩之典範，不脫不黏。

七十九、送幼輿子之官澧浦慈利監稅

　　估人耕貨不耕田，也合供輸餉萬屯。

　　若道厚徵為報國，厚民卻是厚君恩。（卷39，頁2063）

　　卷39之詩，起慶元五年（1189）冬，迄嘉泰元年（1201）夏，吉水居時作。

　　幼輿第三子字。澧州，在湖北，治澧陽。慈利縣在州西一百六十里。

　　首句說監稅事。

　　次句續之。

　　三句謂厚徵稅款。

　　四句謂須存悲憫之心，不可過苛——愛民即愛君也。

　　諄諄教誨，父慈亦嚴。

八十、十山歌呈太守胡平一之二

　　螺岡市上惡少為群，掠奪行旅，民甚病之。太守寺正胡公命賊曹擒其魁，杖而屏之遠方。……塗歌野詠，輒摭其詞，櫽括為山歌十解……

　　群盜常山蛇勢如，一偷捕獲十偷扶。

　　十偷行賂一偷免，百姓如何奈得渠？（卷42，頁2205）

　　此詩專寫盜之猖獗。

　　首句以常山蛇之盤曲、首尾照應為喻。

　　次句詠偷盜者互相呼應。

　　三句承上句。

　　四句直寫百姓之苦。

八十一、同題之八

　　賢尹如何受吏謾？青天白日萬人看。

　　忽然一展霹靂手，盡杖偷魁竄遠蠻。（卷42，頁2206）

　　卷 42 之詩，起嘉泰三年（1203）冬，迄開禧二年（1206）夏。
居吉水作。

　　首句詠胡公之英明。

　　次句大大讚譽之。

　　三句續之，更張旗鼓。

　　四句克盜奏功。

　　此詩與上詩對看，益見胡公之卓犖不凡。

　　以上八十一首詩，內容宏富，可歸納五點：

　　　　一、誠齋交遊甚廣，人物詩兼及官吏、詩友、醫師、道人、
　　　　　　和尚、卜者等等，還有自己的家人。

　　　　二、正面寫照者少，側寫者多。

　　　　三、時用留白法。

　　　　四、有時只寫同遊同飲之趣，友誼自在其中。

　　　　五、多為中品中上品，亦有上品者。

柒、生活與抒情

一、有歎

　　老來無面見毛錐，猶把閒愁付小詩。

　　若道愁多頭易白，鶯鶯從小鬢成絲！（卷六，頁 387）

　　此詩作于淳熙二年（1175）春，在吉水。

　　首句謂老來不敢輕易動筆。其實此年誠齋才四十九歲，古人有此積習，動輒言老。

　　二句謂仍作小詩自遣。

　　三句謂頭白何故？愁多乎？

　　四句謂方諸鶯鶯，似又不然。

　　全詩左說右說，純係自遣自慰之詞。

二、病瘧無聊

　　病身兀兀意昏昏，急掛東窗避夕曛。

　　坐看雲生還有雨，忽然雨止並無雲。（卷七，頁 393）

　　此詩作于淳熙二年（1175）夏。

　　首句詠病態。

　　次句仍說病中心情及行為。

　　三句詠雲雨。

四句寫雲雨之變。

病中仍有閒情，仔細觀察天候變化，足見詩人胸懷，畢竟與眾不同。

又，瘧疾之症候為忽冷忽熱，此詩中所詠，忽雲忽雨，亦近似之，妙哉！

三、醉眠，夜聞霜風甚緊，起坐達旦

玉酒熏人底易醒？月低梅影恰三更。

只嫌老眼清無睡，不道松聲聽到明。（卷7，頁397）

卷七之詩，由淳熙二年（1175）夏至淳熙四年夏，待次常州、家居吉水時作。

首句酒醒，用問句添味。

次句寫窗景寫時間。

三句失眠，切題。

四句失眠時一味聽松聲。

全詩平平無奇，是生活詩本色。

四、同題之二

雪花旋落旋成融，橫作清霜陣陣風。

一夜急吹君會否？妒他殘葉戀丹楓。（同上）

首句寫雪。

次句詠霜，以風為襯。

三句切題。

四句殘葉丹楓，在松聲外另闢天地。

三句「君會否」乃自問之辭。四句「妒」字入神。

五、霜夜望月

人靜蛩喧天欲霜，不眠獨自步風廊。

閒看月走仍雲走，知是雲忙復月忙。（同上）

首句寫三者：人、蛩、霜，恍若正反合。

二句切題而抒。看來誠齋此際時常失眠。

三句妙在月雲俱走，變易位置。

四句料定是雲月俱忙。

其實很可能只是雲走雲忙，但詩人畢竟不是物理學家，心之所向，自爲上帝。

六、幽居小詠：釣雪舟

　　青鞋黃帽綠蓑衣，釣雪舟中雪政飛。
　　歸自嚴州無一物，扁舟載得釣台歸。（卷七，頁 401）

首句佈出青黃綠三色，是寫實亦是烘襯。

次句雪才是本詩主體。所謂釣雪舟，如姜太公、嚴光之垂釣，柳宗元「江雪」詩中之漁翁皆是也，釣翁之意不在魚。

三句一抑。

四句一揚：嚴光的釣台，整個被他載回來了！

妙在後二句之造境。

七、雪臥庵

　　十年兩袖軟紅塵，歸濯滄浪且幅巾。
　　不是白雲留我住，我留雲住臥閑身。（卷七，頁 402）

首句謂十年官宦生涯。

次句謂如今清隱。

三句故意一抑。

四句揚得神氣，我留雲，供我臥。

八、誠齋

　　湣溪見了紫巖回，獨笑春風儘放懷。
　　謾向世人談昨夢，便來喚我作誠齋。（同上）

首句浯溪、紫巖，吉水附近之地名，山水俱全。

次句「獨笑春風」可有二解而相去不遠，一、我笑春風，二、我在春風中微笑。主旨在「放懷」。

三句亦揚亦抑。

四句喚我作誠齋，齋亦我也。

九、寄題更好軒之二

　　　無梅有竹竹無朋，有竹無梅梅獨醒。

　　　雪裏霜中兩清絕，梅花白白竹青青。(同上)

更好軒，友人之軒，不可考。

首句、次句為互文，其實是有竹又有梅，故作神祕耳。「無朋」、「獨醒」，俱言其清高。

三句合詠二物，又以雪霜烘襯之。

四句用二複字詞直接描寫二物，卻自有風致。

十、和彭仲莊對牡丹止酒

　　　病身無伴臥空山，石友相從慰眼寒。

　　　呼酒沾花談舊事，牡丹匹似夢中看。(卷七，頁407)

首句「臥空山」饒有意思。

次句以彭氏為石友：觀石之友？金石之友？皆可通。「慰眼寒」與「無伴」針鋒相對。

三句花酒舊事三合一。

四句將「沾花」擴大寫照。

如此生涯，可謂幸福矣。

十一、同題之二

　　　老裏心情客裏懷，逢花不飲若為開？

　　　虛名身後真何用，更判生前酒一杯。(同上)

首句值得細細品味：老人的心情，居然與作客他鄉之情懷近似：落寞。

次句逢花乃飲，不可錯過。

三句斥虛名無用。

四句謂生前杯酒更有價值。

誠齋老來心境，於此可見一斑。

十二、二月一日郡圃尋春

中和節裏半春天，一拂清寒半點暄。

憔悴不勝梅欲落，嬌嬈無對杏初繁。（卷八，頁461）

此詩作于淳熙五年（1178）春，知常州時。

中和節，唐人以正月晦爲節，德宗改用二月一日，號中和節。

首句說中和節乃「半春天」，以時間算，還不到一半，以感覺論，則是矣。

次句詮釋「半春天」：乍暖還寒。

三句詠梅落。

四句詠杏開，而且獨自繁榮。

十三、同題之二

花繞朱檐柳繞欄，小亭面面錦團欒。

春風橫欲欺詩瘦，且下東窗護嫩寒。（同上）

首句寫景生色、紅綠相間。

次句再加渲染。

三句把春風擬人化，且欺負詩人。

四句護嫩寒，乃導致詩瘦詩人瘦。

先熱鬧後調笑。

十四、書齋夜坐

> 棐几吹燈丈室虛，隔窗雨點向墻除。
> 胡床枕手昏昏著，臥聽兒童讀《漢書》。（卷八，頁 471）

此詩作于淳熙五年（1178）春，知常州時。

首句謂小几寒燈，丈室空空。

次句謂窗外有雨，更增寂寥之感。

三句一抑。

四句聽兒曹讀書：爲何是《漢書》而不是《史記》？怕是便于押韻吧。

四句各詠一事，合之則成佳詩。

十五、鑷白

> 五十如何是後生？呼兒拔白未忘情。
> 新年只道無功業，也有霜髭六十莖。（卷八，頁 480）

此詩亦作于淳熙五年春。

首句謂五十二歲已非後生，老了。

次句呼兒鑷白髮。「未忘情」者，珍惜人生也。

三句妙說：新年本無事。

四句細數白髮，竟有六十莖之多！

後來袁枚亦屢寫拔白髮之詩，誠齋可謂其先聲。

按：袁枚詩學受誠齋沾溉甚多，此亦一種仿效的痕跡。

十六、夜窗

> 口角哦詩細有聲，不妨半醉不妨行。
> 青燈一點才如黍，解作書窗徹夜明。（卷八，頁 481）

此詩亦作于同時。

首句詠吟詩。

次句半醉而行，兩用「不妨」，上承吟詩。

三句用黍喻燈，甚巧。

四句徹夜燈明，暗示整夜在吟詩。

哦、醉、行，一共三個動作，卻有「徹夜明」為之助陣，不同凡響矣。

十七、同題之二

　　詩人心緒幾時休？逢著三春似九秋。

　　數到五更仍五點，明朝還更有新愁。（同上）

首句自抒。

次句謂詩人不論春秋，皆多愁善感。

三句稍費解，五點是指時間，抑別有所指？全句意謂吟哦不休。

四句更添明朝之愁——明日仍將繼續吟詩也。

十八、月下果飲七首之二

　　西邊無物伴長瓶，一顆新蓮一段冰。

　　月下不風終是爽，燭光何罪也堪憎？（卷九，頁515）

此詩作于淳熙五年（1178）夏，知常州時。

首句一抑。

次句一揚：以新蓮拌冰配酒喝。

三句不風而爽，別是一境。

四句謂此際燭光亦嫌多餘。

夏日夜飲，一人獨賞。

十九、同題之三

　　一年遇暑一番愁，六月梢時七月頭。

　　今夕進涼還得熱，何時過夏卻逢秋？（同上）

首句愁暑。

次句補述：實乃暑末秋初。

三句與上一首不同：天熱。

四句盼望秋涼。

此詩全不述及果飲，只是寫照當時另一種氣候感受。

二十、同題之四

> 月初生處薄雲生，到得雲銷月政明。
> 兩處打更如一處，二更還作四更聲。（同上）

首句月雲並陳。

次句承之而小轉：雲去月明。

三句一大轉，寫更聲。

四句巧說：二更（晚九時到十一時）變成四更（凌晨一時到三時）了！

完全寫飲酒品果時的觀察和感受。

二十一、梳頭有感

> 身在荷香水影中，曉涼不與夜來同。
> 且拋書冊梳蓬鬢，移轉胡床受小風。（卷10，頁518）

此詩作于淳熙五年夏。

首句寫早起對荷池。

次句詠曉涼。

三句拋書梳頭。

四句移椅受風。

前二句佈局，後二句入題。

二句之「曉涼」與四句之「小風」相呼應。

二十二、同題之二

> 同郡同年總八人，七人零落一人存。
> 如何獨立薰風裏，猶怨霜花點鬢根？（同上）

古人年壽遠不及今人，故首二句謂與己同科考中的友人只剩自己一人（才五十二歲）。

三句感慨一人獨立，雖薰風拂人，猶覺有憾焉。

四句反說：既然活著，就不該怨髮白如霜。

上一首詠梳頭的動作，這一首寫梳頭時的心情。二詩互補。

二十三、晚涼散策

飯餘浴罷乘涼行，偶憩他頭最小亭。

醉倚胡床便成睡，夢聞荷氣忽然醒。（卷10，頁519）

此詩亦作于同時。

一亭、一胡床、一池荷花。

首句說夜浴後散步。

次句小亭小憩。

三句倚椅而睡。此老人常態。

四句聞荷香而醒。

吃飯、洗浴、散步、小憩、偶睡、忽醒，一連串動作全是幽居生活。

是時誠齋居常州。

二十四、同題之二

半點輕風泛柳絲，忽吹荷葉一時欹。

芙蕖好處無人會，最是將開半落時。（同上）

首句「半點」入神。

次句主角出現。

三句一抑實揚。

四句細體物理。

二十五、靜坐池亭

胡床倦坐起憑欄，人正忙時我正閒。

卻是閒中有忙處，看書才了又看山。（卷 10，頁 520）

此詩亦作于同時，已入秋。

首句憑欄。

次句說閒。

三句閒中之忙。

四句解上句：看書、看山。

胡床與欄，皆媒介也。

二十六、同題之二

荷邊弄水一身香，行裏招風滿扇涼。

道是秋來還是短，秋來閒裏日偏長。（同上）

首句弄荷弄水，惹出一身香氣來，真閒人也。

次句扇子助風助涼。

三句秋天日短。

四句一反上句，因閒而覺日長。

荷水風扇，閒者恆閒。

二十七、戲題

蜂居筆管沒人知，誰遣啾啾不住時？

最是蝸牛太多事，長將宅子自相隨。（卷 10，頁 521）

此詩亦作于同時。

首句詠蜜蜂以筆管為窩，此景甚為奇特。

次句進一步描寫牠的形聲。

三句一轉，鏡頭移到蝸牛身上，略予譴責。

四句：原來怪蝸牛以自身為住宅。

二者相比，誠齋反讚賞以他的筆管做窠的蜜蜂了，妙哉！

二十八、午坐臥治齋

雨後朝陰到午晴，空齋孤坐納秋清。
一蟬也解憐幽寂，柳外飛來葉底鳴。(卷10，頁525)

首句雨陰晴一日俱備，酷似台灣天氣。

次句詠孤坐，「納」字入神，「清」字勝「涼」。

三句一轉詠蟬，且予以擬人化。

四句蟬鳴。以柳、葉爲輔，更添風致。

二十九、檜徑小步

老檜陰陰夾古城，露叢迎貫日華明。
曉涼無箇人分卻，一徑深長獨自行。(卷10，頁528)

首句詠檜切題。常州亦古城也。

次句詠檜兼詠日。

三句一轉：好景罕人分享。

四句詠獨行，「小步」變成「深長獨自行」。

檜與小步平衡。

三十、同題之二

雨歇林間涼自生，風穿徑裏曉瑜清。
意行偶到無人處，驚起山禽我亦驚。(同上)

此詩緊接上首，不再述檜。

首句「林間」仍暗指檜木。

次句清風迎清步。

三句無人，近似上一首之第三句。

四句我驚山禽，山禽驚我，好一幅人物花鳥圖！

三十一、雨中懶困

城頭欲上苦新泥，暖風薰人軟欲癡。

睡又不成行不是，強來看打洛神碑。（卷 10，頁 545）

淳熙五年秋，作于常州。

首句欲動無由。

次句「軟欲癡」入神，極抒傭懶之態。

三句實說，上應前二句。

四句不得已看人打印洛神碑。

首句新泥與末句洛神碑，貌異神近。

三十二、曉坐臥治齋

夜風甚細不勝酸，霜落無聲只是寒。

日上東窗無箇事，送將梅影索人看。（同上，頁 549）

此詩亦作于淳熙五年秋。

首句「不勝酸」妙。

次句「無聲只是寒」，體物入神。

三句日出無事。

四句日送梅影。

在風、霜、日、梅之間，雅人風致全現。

三十三、不寐聽雨

雨到中宵寂不鳴，只聞風拂樹梢輕。

瓦溝收拾殘零水，并作簷間一滴聲。（卷 10，頁 558）

此詩亦作於淳熙五年秋。

首句「寂不鳴」入神。

次句配襯得佳妙。

三句「收拾」二字出色，不止擬人化而已。

四句畫龍點睛。

不鳴而鳴，大自然之變化固如是也。

三十四、新晴曉步

　　冬來暮暮雨絲絲，竹徑梅坡迹頓稀。

　　作意新晴聊一出，行逢濕路卻成歸。（卷11，頁570）

　　此詩作于淳熙五年冬，居官常州時。

　　首句連用兩個複字詞，詞性卻迥然不同，一是指時間，一是由二名詞構成的形容語，頗爲別致。

　　二句竹梅爲帥，稀者人蹤也。

　　三句切題。

　　四句未免掃興。

三十五、晝倦

　　愛日曛人欲睡昏，自勻嫩火炷爐薰。

　　蜘蛛已去惟存網，猶胃窗間一雙蚊。（卷11，頁572）

　　此詩亦作于同時。

　　首句詠日曬。

　　次句詠爐薰。

　　三句一轉，觀察外物。蛛去網存。

　　四句更妙，一蚊獨掛。

　　日、爐、蛛、蚊，何物不是詩！

三十六、曉坐

　　拂曉文書已罷休，卻被詩卷散閑愁。

　　只驚兩眼生光彩，日到東窗半角頭。（卷11，頁573）

　　首句說公事已畢。

　　次句說讀詩：「被……散閑愁」妙。

　　三句是讀詩的效用，抑是日光的作用，我以爲二者兼是。

　　四句詠日出入窗。

三十七、晚晴獨酌

　　　冷落杯盤下箸稀，今年淮白較來遲。

　　　異鄉黃雀眞無價，稍暖瓊酥不得時。（卷 11，頁 579）

　　首句謂杯盤冷清，獨酌不甚得趣。

　　次句謂淮地白酒來遲，未能助興。

　　三句謂窗外黃雀以噪鳴相伴。

　　四句謂瓊酥不宜。

　　末句稍弱。

三十八、城頭曉步

　　　古城秋後不勝荒，人迹新行一徑長。

　　　竹影已搖將千日，草根猶有夜來霜。（同上）

　　此詩亦作于同時。

　　首句泛寫古城──常州。

　　次句寫人蹤。

　　三句詠竹影，兼及午日。

　　四句詠草根，夜雨。

　　二十八字之內，由遠景到中近景，到特寫鏡頭，是很好的生活詩，也是上乘的寫景詩。

三十九、晚望

　　　天墮楸枰作稻畦，啼烏振鷺當枯棋。

　　　不論勝負端何似，黑子終多白子稀。（卷 12，頁 624）

　　此詩作於淳熙五年（1178）冬，官常州時。

　　此詩爲一典型的喻體詩──以一個比喻貫徹到底，渾若天成。

　　首句以稻畦爲棋枰，「天墮」生動。

　　次句以烏鴉爲黑子，鷺鷥爲白子。

　　三句一抑亦有意思。

四句謂鴉多鷺少。

吾人在此觀奕，亦爲之爽神。

四十、夜坐

繡簾無力護東風，燭影何曾正當紅？

歇炭貂裘猶道冷，梅花不易玉霜中。（卷12，頁625）

此詩亦作于同時。

首句無力護東風，護字妙。

次句燭不紅，不夠明亮。

三句二暖仍嫌不足。

四句突然一轉，由己身室內轉換到室外：梅在霜中，依然精神抖擻，不改其常度。

人不如梅，慚愧哉！

三（句）、一（句）法式，效果每佳。

四十一、行圃

澹天薄日倦春遊，蒼檜叢篁引徑幽。

忽有小風人未覺，薺花無數總搖頭。（卷12，頁641）

此詩作于淳熙六年（1179）春，在常州。

首句破題：「薄日」配「澹天」甚切。

二句檜、篁齊出，配以幽徑。

三句詠微風之來，人是後知後覺。

四句詠薺花反應敏銳：搖頭者，狀得意之情也。

四十二、舟中雨望

雨裏船中只好眠，不堪景物妒人閑。

岸如玉案平鋪卻，餖飣眞山作假山。（卷13，頁647）

此詩作于淳熙六年（1179）春，自常州歸上饒途中。

首句平實，切合情理。

次句巧說：景物擬人，妒字無中生有才好。

三句用喻新鮮。

四句更匪夷所思。詩人之思路，可大可小，可真可假，此又一例。

四十三、道傍小憩觀物化

蝴蝶新生未解飛，鬚拳粉濕睡花枝。

後來借得風光力，不記如癡似醉時。（卷13，頁685）

此詩亦作于同時。

首句破題。

次句以「鬚拳粉濕」形容蝴蝶，真是妙筆，「拳」字似喻又非喻。

三句謂後來在風光中成長。

四句謂那時不再記得如今一味依花、如醉如癡時。

「物化」，大自然之美妙變化也。

四十四、飯罷散策遇細雨

秋暄團扇尚堪攜，病腳朝來健似飛。

偶到溪頭晴喚出，未窮山頂雨催歸。（卷14，頁716）

此詩作于淳熙六年秋。

首句平實。

次句詫人。精神好則忘「病」。

三句先晴。出門。

四句後雨。歸去。

是一首親切的日記詩。

四十五、西齋睡起

小睡西齋聽雨涼，竹雞聲裏夢難長。

開門山色都爭入，只放青蒼一冊方。（卷14，頁717）

此詩亦作于同時。

首句破題，「聽雨涼」省字而好。

次句竹雞擾夢，卻說得優雅從容。

三句猛銳：「爭入」是句中眼。

四句謂大門之容量有限，故只收一小方冊之青山。

四十六、西園晚步

龍眼初如菉豆肥，荔枝已似佛螺兒。

南荒北客難將息，最是殘春首夏時。（卷15，頁778）

此詩作于淳熙七年（1180）夏，在廣州任廣東提舉時。

首句以一水果一蔬菜相比。

次句以二水果相擬。作法頗特殊。

三句示知己在廣州頗不適應。

四句更明指季節。此際天氣變化特大，固亞熱帶氣候之特色也。

四十七、晚步

晚暑無涼可得尋，小風一點慰人心。

斜陽醉入高榕葉，飜作青瑤覆作金。（卷17，頁844）

此詩作于淳熙八年（1181）夏，韶州提刑任上。

首句破題平實。

次句詠小風，與上句相對應。

三句「醉入」妙，「榕葉」乃南方特產。

四句青玉與金二喻，信手拈起，自然成詩。

四十八、晚步

清水芙蓉未肯開，暑天花草底差排。

鹿蔥金鳳何爲者？也得園亭護兩堦。（卷25，頁1294）

此詩作于淳熙十六年（1189）夏，在筠州。

首句「未肯開」有味。

二句質疑老天如何安排夏日花草。

三句鹿蔥、金鳳，皆南方產物。鹿蔥石蒜科，地下有鱗莖，圓而大，外皮黑色。春日葉自鱗莖萌出，狹而長，淡綠色，夏天開花淡紅紫色。可用以薦菹。金鳳，鳳仙花之別名。

「何為者」，似有不耐之意。

四句自作解人：二花為園亭護兩階也。

雖是晚步偶吟，卻有一波三折之妙。

四十九、嘲稚子

雨裏船中不自由，無愁稚子亦成愁。

看來坐睡何曾醒？及至教眠卻掉頭。（卷 24，頁 1248）

此詩作于淳熙 15 年（1188）夏，補外歸途。

首句說當時實況，旅途不便也。

次句無愁（天真爛漫）而有愁（不自由）。

三句說小孩子無聊，便在船上坐睡。

四句謂真教他好好睡覺時，他卻掉頭不顧——睡不著了。

嘲子亦所以嘲己。

五十、雨中遣悶

船篷深閉膝難安，四面千峰不得看。

莫厭霏微悶人雨，插秧怕熱愛輕寒。（卷 24，頁 1249）

此詩亦作于同時。

首句實寫，「膝難安」，局促之狀不言而喻。

次句：愛山的誠齋，連四面千山都看不成，真是苦上加苦，悶上加悶。

三句突然一百八十度大轉彎：告訴自己莫厭霖雨。

四句插秧農夫正須雨水及輕寒。

人有爲己之心，亦有爲人之心，二者表面上相衝突，細思之則一脈相承，足以自解。

五十一、睡起觀山

過雨前汀未可登，搴篷小散睡薈騰。

船頭政好看山色，一點江風冷似冰。（卷24，頁1251）

此詩亦作于同時。

首句遇雨難捨舟登岸。

次句開篷小睡，「薈騰」生動。

三句寫睡醒後雨已止。核心句也。

四句江風冷如冰，用「一點」形容之，亦頗傳神。

五十二、碧落堂晚望

暮笳聲裏暮雲生，白白非煙覆一城。

祇有青林遮不得，兜羅綿上綠琴橫。（卷25，頁1311）

此詩作于淳熙16年（1189）秋，在筠州。

首句一聲一形，交配得好。

次句「白白」詠雲，覆一城亦涵蓋暮笳矣。

三句寫例外之青林。

四句用妙喻，兜羅綿，雲也；綠琴，青林也。

直如一幅名畫！

五十三、秋夕不寐

每到炎天只顧秋，如何秋到卻成愁？

官居也有寒蛩語，不似山間聽得幽。（卷30，頁1561）

此詩作于紹熙元年（1190）秋，在行在。

首句寫人之常情。

次句亦恆情也。人心本多矛盾，因時地而異。

三句寒蛩出馬，但似無助吾眼。

四句此蛩不如行居之蟲，彼虫有「鳥鳴山更幽」之妙，此蛩則反添煩悶。

心因境異，此一例也。

五十四、同題之二

夏熱通宵睡不成，秋涼老眼又偏醒。
窗虛月白清無夢，卻爲西風數漏聲。（同上）

首句追述。

次句今態。

三句寫景，並示不眠無夢。

四句數漏聲，自遣，妙在「爲西風」三字。誠齋的幽默感由此可見一斑。

五十五、花下夜飲

夜深移入小杯盤，回首花枝不忍看。
豈與海棠情分薄？老夫自是怯春寒。（卷 31，頁 1602）

此詩作于紹熙二年（1191）春，居官建康時。

首句小飲：「移入」，似在室內。

次句回首花枝，又似室外。想當是窗外。

三句由「花枝」歸到「海棠」，此花爲春之魂魄。怎的與它情分薄。

四句有了答案：原來是老來怯于春寒。

回顧二句，「不忍看」或竟是「不敢看」了。

這也是雅人深致。

五十六、入郡城泊文家宅子，夜熱不寐

毒熱通宵不得眠，起來弄水繞庭前。
大星跳下銀盆底，翻動琉璃一鏡天。（卷 36，頁 1879）

此詩作于紹熙二年（1193）左右。在吉水。

首句用毒熱，可見其厲害。

次句弄水洗漱，或竟澆花。

三句一躍：天上星星反映盆水中。

四句天亦成為盆中琉璃鏡了。

景情合一。

五十七、荷池小立

點鐵成金未是靈，若教無鐵也難成。

阿誰得似青荷葉？解化青泉作水精。（卷36，頁1881）

首二句憑空議論，看來與荷池毫不相干。

三句亮出青荷葉，仍不是鐵。

四句清泉成了水晶。然則清泉是鐵，水晶是金了。

荷葉乃是鐵匠！

五十八、幽居感興

葛製冰養消幾錢？雲棲水宿木臞仙。

回頭背汗揮如雨，賺卻閒身四十年。（同上）

此詩亦作于同時。

首句說養花。

次句寫花姿。

三句寫養蒔之勞。

四句寫養蒔得閒身。

看來誠齋操此業已四十年了。

五十九、久雨小霽，東園行散

雨寒兩月勒春遲，初喜雲間漏霽暉。

道是攀花無雨點，忽然放手濺人衣。（卷36，頁1896）

此詩作于慶元元年（1195）春，吉水家居時。

首句「勒」字入神。

次句有陽光了。

三句誤以爲無雨。

四句雨滴濺人，毫不容情。蓋爲昨日積雨也。

全詩抑揚頓挫，成就小小短劇。

六十、餐霜醒酒

宿酒朝來醉尚殘，胸懷眊瞇腹仍煩。

牡丹壇上欄干腳，自刮霜毬袞舌端。（卷 37，頁 1920）

此詩作于慶元元年（1195）冬。在吉州。

首句寫宿醉未醒。切題。

次句寫半醒未醒、半醉猶殘之狀。

三句牡丹壇欄杆上有霜。

四句自刮霜球以療醉。

一步一步說來，頗爲別致。

六十一、睡起即事

午時能起忽心驚，一事關心太懶生。

速摘酴醿薰白酒，不愁香重只愁輕。（卷 38，頁 1981）

卷 38 之詩，起慶元二年（1196）冬，迄慶元五年，吉水家居時。

首句心驚。

次句關心而懶。應作未作也。

三句一轉：摘酴醿薰白酒，以成旨飲。

四句香重不嫌，輕了反而乏味。

心驚而悟，圓滿收場。

六十二、秋暑午睡起，汲泉洗面

　　大桶雙擔新井花，松盆滿瀉莫留些。

　　剌頭蘸入松盆底，不是清涼第二家。（卷 40，頁 2096）

首句詠汲泉，切題。

次句欲痛快洗面。

三句再細寫動作。

四句：這是天下第一清涼事。

直寫曲結。

六十三、曉起

　　霜挾春寒凍殺人，袖中十指怯頭巾。

　　金篦落地拾不得，卻是穿窗曉日痕。（卷 42，頁 2194）

此詩作于嘉泰元年（1203）冬，在吉水。

首句寫霜威曉寒。

次句謂十指不敢出袖理頭巾。

三句忽見金篦落地，不敢俯拾。

四句忽然憬悟：那是穿窗之日光，不是金篦。

此詩乃是一齣小型戲劇詩，誠齋一人唱獨腳戲，卻饒有興致。

六十四、自遣

　　莫將一病苦憂煎，山尚能游石可眠。

　　匹似病風兼病腳，老夫猶是地行仙。（卷 42，頁 2237）

此詩作于開禧元年（1206）春。

首句足見誠齋一貫的樂觀精神，渾不為病神打倒。

二句遊山，似稍誇張，眠石則恰到好處。

三句手疾兼腳疾，上下二病。

四句自稱地行仙，神氣十足。

讀此，山神石友俱當為之折服。

六十五、初夏病起，曉步東園

低枝碧李壓人頭，過雨紅梅滿道周。

紅日漏雲初試暑，綠陰酣露已踰秋。（卷42，頁2252）

此詩作于開禧二年夏、秋間。

首句碧李壓人頭醒神。

次句紅梅湊趣。

三句紅日來臨。

四句綠陰成秋。

四句寫四景，句句感人。

六十六、同題之二

病起烏藤強自扶，三三徑裏曉晴初。

鶯聲只在花梢近，行去行來不見渠。（同上）

首句病起扶杖，切題。

次句三三小徑，正宜欣賞曉晴。

三句鶯聲自花枝中出。

四句找來找去，找不到黃鶯。

起承密綴，轉合貼黏。

二組成就一畫。

以上六十六首生活抒情詩，有以下七個特色：

一、題材寬闊。

二、寫法不拘一格，有直抒，有比喻，亦有擬人。

三、多爲有我之作。

四、除寫景物事外，細小末微者亦不放過。

五、時有趣事，兼及孩童。

六、瀟灑達觀。

七、多爲中上品作，亦不乏上品。

捌、詩人與詩歌

一、歸途轎中讀參寥詩

車中無作惟生睡，卷裏何佳卻勝閑。

會意貪看三五句，回頭悔失數重山。（卷二，頁126）

此詩作于乾道元年（1164）春，歸吉水途中。

首句述行旅情況。

次句說及讀參寥詩，「何佳」、「勝閑」四字足矣。

三句「會意」「貪看」，補前句之不足。

四句後悔漏看山，仍是讚美參寥師之詩。

參寥，即道潛，與東坡為好友，時相唱和。

二、書王右丞詩後

晚因子厚識淵明，早學蘇州得右丞。

忽夢少陵談句法，勸參庾信謁陰鏗。（卷7，頁390）

此詩涉及七位古代詩人，密度甚大。

首句子厚受淵明沾溉，平易中有奇氣，故二人有淵源焉。

次句韋應物與王維有不少近似處，韋氏更清。

三句天外飛來，一夢為媒。

四句庾、陰皆老杜深深欽佩者。

誠齋之詩，有諸家之一得。

三、讀唐人及半山詩

　　　不分唐人與半山，無端橫欲割詩壇。

　　　半山便遣能參透，猶有唐人是一關。（卷八，頁479）

　　此詩作于淳熙五年（1178），知常州時。

　　首句似謂唐人詩與王安石詩不必分，各有好處。

　　次句繼之。

　　三句一轉：謂安石詩不夠透徹。

　　四句謂畢竟唐詩是正宗。

　　一塵之隔，或亦唐宋詩之高下也。

四、讀元白長慶二集詩

　　　讀遍元詩與白詩，一生少傅重微之。

　　　再三不曉渠何意，半是交情半是私。（卷10，頁521）

　　此詩作于淳熙五年（1178）夏，在常州作。

　　首句並讀元稹、白居易詩。

　　次句謂居易素重微之之詩。

　　三句不懂原因為何，因為元詩並不十分出色。

　　四句作了自我的判斷：一半是二人交情特好，一半是個人愛好使然。二者近似。

　　此論應合公議。

五、詩情

　　　只要琱詩不要名，老來亦復減詩情。

　　　虛名滿世真何用？更把虛名賺後生。（卷14，頁693）

　　此詩作于淳熙六年（1179）夏，居吉水時。

　　首句「琱詩」，即吟詩、作詩也。不為名利而作詩，值得世人尊敬。

　　次句遺憾詩情略退。

三句斥虛名。

四句諷有人以虛名唬後生。

這首詩把誠齋對詩和名望的關係，作了明白的交代。

六、題韓亭韓木

老大韓家十八郎，猶將雲錦製衣裳。

至今南斗無精彩，只放文星一點光。（卷17，頁893）

此詩作于淳熙八年（1181）冬，在韶州任上。

韓亭韓木，在韶州東山，韓愈登臨舊地，俗呼侍郎亭，又名韓亭。韓木即欓木，郡人以其花之繁稀卜科第盛衰。

首句指韓愈。

次句謂創作佳詩。

三句謂南方文風不旺。

四句說只有韓亭仍放退之之光。

七、同題之二

笑爲先生一問天，身前身後兩般看。

亭前樹木關何事？也得天公賜姓韓。（同上）

此詩在外圍說韓愈。

首句試問老天。

次句韓愈身後獨享盛名。

三句以韓木作文章。

四句乃餘波。

八、梳頭看可正平詩，有寄養直、時未祝髮等篇，戲題七字

卻因理髮得披文，看盡廬山筆底春。

寄語可師休祝髮，顛邊猶有去年痕。（卷19，頁947）

此詩作于淳熙十一年（1184）冬，除吏部郎中。

可正平，祖可字，丹陽人，蘇伯固之子，養直之弟。住廬山，被惡疾，人號癩可。詩入江西詩派。

首句切題。

次句謂久居廬山，盡得其春光秋色。

三句戲語：詩人何必出家。

四句憾其終於祝髮。

一句稱讚，似亦足矣。

九、同題之二

老子平生湯餅腸，客問湯餅亦何嘗。

怪來今晚加餐飯，一味廬山筍蕨香。(同上)

首句故意說自己愛喝湯吃餅。

次句繼之。

三句一大轉。

四句以筍蕨蔬物代祖可詩。

這是繞了圈子讚賞祖可詩。

十、白頭吟

文君自製〈白頭吟〉，怨思來時海未深。

怨殺相如償底事？初頭苦信一張琴。(卷21，頁1097)

此詩作于淳熙十四年（1187）春。

首句實說卓文君因怨相如娶妾而有所作。

次句謂怨氣勝海。

三句一抑。

四句怪文君受惑于相如琴音而下嫁。

此爲戲謔之辭，隱隱嘲譏男人容易變心。

十一、讀笠澤叢書

笠澤詩名千載香，一回一讀斷人腸。

晚唐異味同誰賞？近日詩人輕晚唐。（卷21，頁1377）

此詩作于淳熙16年（1189）冬，以秘書監爲金使接伴使，後返淮河途中。

笠澤叢書，陸龜蒙詩文集也，共十七卷。

首句譽之不遺餘力。

次句更增益之。

三句憾無相同的知音。

四句斥近人輕晚唐。

誠齋乃龜蒙第一知音。

十二、同題之二

松江縣尹送《圖經》，中有唐詩喜不勝。

看到燈青仍火冷，雙眸如割腳如冰。（卷27，頁1378）

首句縣尹送書。

次句唐詩悅人。

三句勤看陸詩，已入夜深。

四句眸酸腳冷。讀詩之忘情，至此可謂至極矣。

十三、同題之三

捉著唐詩廢晚餐，傍人笑我病詩癲。

世間尤物言西子，西子何曾直一錢？（同上）

首句直言己之迷戀唐詩。

次句謂不怕人嘲笑。

三句引出佳人西施來。

四句貶佳人而揚佳詩。

人之愛好，有如是者！

十四、酬閣皇山碧崖道人甘叔懷贈美名人不及，佳句法如何十古風

> 桂林戶掾舊能文，有弟拋家作道人。
> 詩似道人人似鶴，看來若箇覓纖塵？

此詩作于慶元三年（1197）至慶元四年間，吉水家居時。

甘同叔字叔異，力學精思，工於詩詠，甘夢叔叔懷，其弟也，亦工詩。

首句說同叔。

次句指叔懷。

三句盛讚叔懷之詩與人：清高飄逸。

四句增益之。

十五、同題之二

> 贈我新詩字字奇，一奩八百顆珠璣。
> 問儂佳句如何法，無法無盂也無衣。（同上）

首句直誇其奇。

次句用喻貴重。

三句問詩法。

四句答以無法亦無衣缽之傳承。

二詩互補互益，前詩較偏重其人品，後詩較偏重其詩才及詩風。

十六、和張寺丞功父八絕句

> 約齋太瘦古仙真，寄我詩篇字字新。
> 受業陳三能幾日？無端參換謫仙人。（卷40，頁2124）

此詩作于嘉泰二年（1202）春，吉水家居時。

首句寫詠其人，約齋，功父之號。

次句讚頌其詩。

三句似指他之師承。（疑指江西派的陳師道）。

四句謂改事李白為師。

十七、同題之二

　　古來官職妒詩篇，二物雙違不肯全。
　　君被詩篇折官職，如何又寄一新編？（卷40，頁2125）

首句隱含詩窮而工之意。

二句加強之。

三句實說功父的遭際。

四句又有詩來，不畏詩人窮困之命運耶？

全詩由詩與人生的觀點著眼。

以上十七首，是有關詩歌及詩人的代表作，有四個特點：

一、古人、今人約略各半。

二、有正面說詩人及詩作者，亦有借題發揮者，如〈白頭吟〉。

三、鮮用擬人等法，有不少妙喻。

四、多為中上品之作。

玖、詠史

一、讀嚴子陵傳

> 客星何補漢中興？空有清風冷似冰。
> 早遣阿瞞移九鼎，人間何處有嚴陵！（卷8，頁470）

此詩作于淳熙五年（1178），知常州時。

首句謂嚴光乃高士，無助老友劉秀定天下。

次句喻嚴氏為一陣清風，還故意說他「冷似冰」，顯然是在作反面文章。

三句匪夷所思：倘若曹操早生二百年，早把漢朝江山奪走。

四句謂然則嚴光其人不會出現。

其實江山代代有高人，沒有嚴光，也有許由或伯夷，誠齋此論差矣。

二、讀陳蕃傳

> 仲舉高談亦壯哉，白頭狼狽只堪哀。
> 枉教一室塵如積，天下何曾掃得來？（卷14，頁717）

此詩作于淳熙六年（1179）秋，居家吉水時。

首句謂陳蕃不僅聲望高，亦善高談闊論。

次句謂晚年不甚得意。

三句用積塵爲不得志之象徵。

四句再喻：安邦平天下豈易事哉！

此詩亦略有翻案之意。但先肯定陳仲舉之爲人，然後惋惜他壯志未遂。

三、讀武惠妃傳

> 桂折秋風露折蘭，千花無朵可天顏。
> 壽王不忍金宮冷，獨獻君王一玉環。（卷18，頁937）

此詩作于淳熙九年（1182）夏，居吉水時。

按唐玄宗武惠妃薨，帝悼念不已，或言壽王妃楊玉環之美，絕世無雙，帝見而悅之，乃令妃以其意乞爲女官，號太眞，更爲壽王娶韋昭訓女。潛納太眞宮中，寵遇如惠妃，冊爲貴妃。

首句隱喻玄宗失惠妃。

次句謂後宮乏佳麗。

三四句故意說壽王孝順，自獻玉環。

「一玉環」之「一」有味。

諷而不苛，此之謂也。

四、讀子房傳

> 笑賭乾坤看兩龍，淮陰自動即雌雄。
> 興王大計無尋處，卻在先生一躡中。（卷21，頁1096）

此詩作于淳熙十四年（1187）正月。

首句謂張良在劉邦、項羽間挑選一人，猶如賭一局棋。

二句謂韓信一人關乎天下存亡。

三句說興王定天下之計。

四句謂決定於韓信欲爲假王而張良及時躡劉邦之足以提醒他。

說得平正。二十八字包括張良半生功業。

五、跋符發所錄上蔡語

　　　洙泗淵源一線寒，再從伊洛起濤瀾。
　　　偶看上蔡先生語，滿目淙淙八節灘。（卷30，頁1562）

　　此詩作于紹熙元年（1190）秋，在行在。

　　《上蔡語錄》爲曾恬、胡安國所錄謝良佐語，朱熹又從而刪定之，共三卷。良佐上蔡人，登進士，建中靖國初官於朝，爲理學巨擘。

　　首句謂道學漸微。

　　次句謂良佐復振之。

　　三句切題。

　　八節灘，在洛陽履道里，香山鑿八節灘，白居易兄弟常遊之所。

　　四句以八節灘喻謝語之豐沛。

六、跋余伯益所藏張欽夫書西銘短紙

　　　一高一下一中央，恬恬兼儂豈別房？
　　　撞過煙樓休劣相，祇如郎罷也無良。（卷31，頁1606）

　　此詩作于紹熙元年（1190）冬，居官建康時。

　　〈西銘〉，宋張載作，張欽夫即張栻。

　　首句詠短紙字跡。

　　次句謂澤及眾生。

　　三句謂有道之士無劣相。

　　四句謂如郎者無良，與前句對比。

七、同題之二

　　　橫渠方寸著乾坤，傳到南軒更莫論。
　　　四海交朋雙葉落，幾張翰墨雪濤翻。（同上）

　　首句讚張載之氣度格局。

　　次句誇張栻爲知音。

　　三句一抑。

　　四句肯定此一短紙之珍貴價值。

八、讀貞觀政要

拔士新豐逆旅中，懷賢鴨綠水波東。

酒傾一斗蔫肩客，禮設三杯羊鼻公。（卷40，頁2093）

此詩作于嘉泰元年（1201）秋，吉水家居時。

「正」乃避宋仁宗諱而改，原為「貞觀政要」，十卷，唐吳競作，為唐太宗史事紀要。

首句謂太宗愛惜人才。

次句謂太宗敬重賢人。

三句酒宴佳客。

四句禮遇良臣。

四句皆正面語，肯定唐太宗之為人。

以上八首，肯定歷史人物者居大半，偶然亦作翻案文章，鮮用修辭技巧，多為中品之作。

拾、詠畫

一、題蕭岳英常州草蟲軸，蓋畫師之女朱氏之筆，二首

　　常州草蟲天下奇，女郎新樣不緣師。

　　未應好手傳輪扁，便恐前身是郭熙。（卷四，頁248）

此詩作于乾道二年（1166），在吉水。

蕭岳英名許，早世由廬陵徙吉水。

首句切題。

次句切後半題，讚其有創意。

三句一抑實揚。

四句以大畫家郭熙匹之，更見精彩。

二、同題之二

　　筆端春草已如生，點綴蟲沙更未停。

　　淺著鵝黃作蝴蝶，深將猩血染蜻蜓。（同上）

首句青草栩栩。

次句蟲沙生動。

三句蝴蝶黃。

四句蜻蜓紅。

四句共寫畫中五物，第四句尤奇。

三、題謝昌國金牛煙雨圖

> 金牛煙雨最相關，老子方將老是間。
>
> 不分艮齋來貌取，更於句裏占江山。（卷五，頁287）

此詩作于乾道四年（1168），居吉水。

謝昌國，名諤，臨江軍新喻人，時任吉州錄事參軍。

首句破題。

次句以將老此中譽其生動可人。

三、四句謂艮齋有詩詠之。「占江山」入神。

四、濟翁弟贈白團扇子，一面作百竹圖，有詩和以謝之

> 月波初上湧寒金，桂樹風來細有音。
>
> 特地此君偏作惱，爲儂隔卻半輪陰。（卷五，頁290）

此詩亦作于同時。

首句寫畫中景，月亮初上。

次句續詠桂樹，「細有音」乃誠齋以神聽之。

三句一抑。

四句說月有半輪爲陰雲遮住，令我覺得美中不足。

此缺陷美也。

五、表弟周明道工於傳神，而山水亦佳，
久別來訪，贈以絕句二首之二

> 儂家有軸郭熙山，墮在冰溪雪嶺間。
>
> 有弟新來眼如月，爲儂洗手拾將還。（卷六，頁376）

此詩作于淳熙二年（1175）春，在吉水。

首句實說。

次句「墮」字乃虛擬。

三句「眼如月」甚讚。

四句「拾將還」亦虛擬，意謂明道仿郭熙山水維妙維肖。

六、題劉伯山蕃殖圖二首

老子平生只荷鋤，誤攜破硯到清都。

歸來荒盡西疇卻，愧見劉家〈蕃殖圖〉。（卷7，頁411）

此詩作于淳熙三年（1176），在吉水。

劉伯山，安福人，詩調清美，多與詩人趙蕃遊，此畫或與蕃有關。

首句謙稱己為農夫。

次句說聊為文人。

三句謂歸鄉後田園荒廢，一事無成。

四句明讚伯山之畫。

抑己崇人，亦詩中一法也。

七、同題之二

黃雲翠莢雜玄珠，上熟今年不負渠。

說似田家早收拾，一番風雨一番疏。（同上）

首二句寫田園繁熟之景，應是畫中景致。

三句一轉，收成了。

四句又出風雨。

把此畫的四面八方都描寫到了。

八、題鄧國材水墨寒林

人間那得箇山川？船上漁郎便是仙。

遠嶺外頭江盡處，問渠何許洞中人！（卷7，頁437）

此詩作于淳熙四年（1177），在吉水。

首句泛讚畫中山水。

次句讚船上漁郎的灑逸風姿。

三句寫遠處背景。

四句問洞中人，即仙，即漁郎。

四句當作二句看。

九、戲題郡齋水墨坐屏二面

　　兩客呼船一急行，樹林半落半猶青。

　　諸峰最是中峰好，我欲峰頭築小亭。（卷8，頁456）

此詩作于淳熙四年（1177）冬，知常州時。

首句說二客。

次句寫樹林。

三句詠諸峰。

以上皆實寫畫中景致。

四句「我欲」，助畫勢也。

十、同題之二

　　荊溪四面四無山，不是荒林即野田。

　　忽有石崖天半出，飛泉落處稍人煙。（同上）

首句荊溪無山，二「四」字不嫌重複。

二句荒林、野田。

三句石崖撑天。

四句飛泉、人煙。

全部實描畫景，不讚一字，而其端好自見矣。

十一、戲題水墨行水屏

　　櫂郎大似半邊蠅，摘蕙爲船折草撑。

　　今夜不知何處泊，浪頭正與嶺頭平。（卷11，頁572）

此詩作于淳熙五年冬，居常州時。

首句謂船夫似蠅般細小。

次句蕙爲船，草爲篙。

三句設想未來。

四句詠浪之高聳。

三句實描，一句助興。

三巧喻示小甚佳。

十二、看畫常州圖迎新太守

　　　　畫工吮筆畫常州，老子東看卻自羞。
　　　　若遣此圖還解語，道儂調戲幾君侯？（卷12，頁635）

　　此詩作于淳熙六年（1179）春，居常州。

　　首句破題。

　　次句述羞。令人詫異。

　　三句擬設。

　　四句說己調戲新太守。

　　大概畫工不甚稱職，故有此說。

十三、子上持豫章畫扇，其上牡丹三株，
　　　黃白相間盛開，一貓將二子戲其旁

　　　　暄風暖景正春遲，開盡好花人未知。
　　　　輸與狸奴得春色，牡丹香裏弄雙兒。（卷14，頁708）

　　此詩作于淳熙六年夏秋間，在吉水。

　　首句寫春和日麗。

　　次句詠好花盛開。

　　三句讚羨狸貓。

　　四句畫龍點睛。

　　一幅好圖，無限春光。

十四、跋尤延之山水兩軸

　　　　水際蘆青荷葉黃，霜前木落蓼花香。
　　　　漁舟去盡天將夕，雪色飛來鷺一行。（卷21，頁1084）

　　此詩作于淳熙14年（1187）正月，居官行在。

　　尤延之即尤袤，南宋四大詩人之一，亦工畫，與誠齋友好。

　　首句蘆荷。

　　次句霜、木、蓼花。

三句漁舟。

四句**鷺**。

全部畫景，十分調諧。

末句可視作倒裝句，亦可視作順序句：一片大雪飛來，細看乃是白鷺一行。

十五、同題之二

水漱瓊沙冰已澌，野鳧半起半猶遲。

千竿修竹一江碧，只欠梅花三兩枝。(同上)

首句詠白沙、融冰。

次句野鳧半起半止，妙姿。

三句叢竹碧水，互相呼應。

四句作者擬補。

看來誠齋未必是畫之專家，卻常以詩境捕捉畫意。

十六、跋淳熙汪立義大學致知圖

杏壇何物是家風？只在常人阿堵中，

誰作新圖漏消息？淳溪溪上釣魚翁。(卷22，頁1113)

此詩作于淳熙十四年（1187）春，居行在。

首句寫杏壇——大學。

次句謂人皆可以爲堯舜。

三句切題。

四句悠悠說出畫家來。

十七、同題之二

此事元無淺與深，著衣喫飯還光陰。

卻緣說是癡人夢，便向汪家圖裏尋。(同上)

汪立義教童子，法度必準於古，不以一毫自愧，故所作畫亦傳此旨。

首句謂致知不在深淺之分。

二句有如吃飯穿衣過平常日子。

三句一抑。

四句入畫，主題盡出。

十八、贈寫眞劉敏叔秀才

水鑑傳神苦未工，傳來恰恰五秋風。

又將老醜形骸子，傳入劉家畫苑中。（卷36，頁1890）

此詩作于慶元元年（1195）春，在吉水。

劉敏政名訥，畫家。

水鑑處士，王溫叔，亦畫家。

首二句憾水鑑人物畫未工，已爲誠齋畫了五年。

三句自謙老醜。

四句謂敏叔新畫我之畫像。

似有以彼揚此之意。

十九、同題之二

江右傳神下筆親，〈杉溪集〉裏通劉君。

君今有子能傳業，撞過煙樓更傳神。（同上）

首句讚劉畫。

次句讚劉詩。

三句譽其子。

四句完足之。

劉子青出于藍也。

二十、題張坦夫腴莊圖三首

百里青山十里溪，荷花萬頃照紅衣。

臨平山下西湖上，總被腴莊掇取歸。（卷37，頁1932）

此詩作于慶元二年（1196）春。在吉水。

首句讚畫中山水。

次句詠荷，「照紅衣」尤佳。

三、四句謂坦夫能廣取天下美景，寫入圖畫。

二十一、同題之三

花開還喜落還嗟，君被腴莊惱卻些。

何似老夫展橫軸？一朝看盡四時花。(同上)

首句詠花開花落。

次句故意說畫家惱人。

三句展畫。

四句全得。

一比一，讚語盡在其中。

二十二、寄題太和宰趙嘉言勤民二圖

歲歲桃花水到時，野航客子命如絲，

趙侯小試濟川手，雪浪翻天不濺伊。(卷40，頁2113)

此詩作于嘉泰元年（1201）冬。

此爲題逋濟渡船圖。

太和宰趙嘉言汝謨造大舟付諸渡，又停鄉村酒坊，代輸其課，繪二圖。

首句以桃花水添興。

次句謂渡水之難。

三句詠趙造船。

四句讚其德行。

二十三、誠齋三老圖之二

劉訥敏叔秀才寫乘成先生、平園相國（周必大）及子，

爲〈三老圖〉，因署其後。

劉君寫照妙通神，〈三老圖〉成又一新。

只道老韓同傳好，被人指點也愁人。（卷41，頁2164）

此詩作于嘉泰二年（1202）夏。在吉水。

首句直讚其畫藝。

次句切題。

三句謂韓氏傳此圖示人。

四句意外生愁。

此詩重點只在前二句。

以上二十三首詠畫之作，大致有三類：

一、寫畫景畫家。

二、詠畫家。

三、詠畫家與己之友誼。

多爲中品、中上品之作。

結　語

楊萬里詩號稱有兩萬首，今存四千首左右，七絕約占四分之一強。
本書中只討論其中四五百首，約爲全數之半。

它的特色有：

一、題材廣闊。

二、風格多變。

三、技巧多元。

四、關心萬事萬物。

五、富人情味。

六、愛大自然。

七、兼及小人物。

八、有奇思。

九、有時妙想入神。

十、鮮作凡常語。

十一、時有巧喻。

十二、時用擬人法。

十二、口語化。

十三、生活化。

十四、亦莊亦諧。

十五、胸襟豁達。

十六、較重鄉村。

十七、少說官場事。

十八、詠物入微。

十九、不忌重複字詞。

二十、多中品、中上品之作，亦有可列入上品者。